媚笑の閨に侍る夜

鈴木あみ

白泉社花丸文庫

遊郭言葉辞典

お職…………おしょく。その娼家の中で最も売れっ子の遊女。（大見世ではこの呼び方はしなかったようですが、本作ではこれで通してます）

妓楼主………妓楼（遊郭）の主人。オーナー。

清掻き………張り見世を開くとき弾かれる、歌を伴わない三味線曲。「みせすががき」とも。

引っ込み禿…遊女見習いの少女で、特に見込みのある者。芸事などを習わせ、将来売れっ子になるための準備をさせた。（本来、13〜14歳までの少女たちであったようですが、本作では16歳までの禿扱いになっています）

遣り手………遊郭内の一切を取り仕切る役割の者。遊女上がりの者がなることが多かった。

媚笑《びしょう》の閨《ねや》に侍《はべ》る夜《よる》　もくじ

媚笑《びしょう》の閨《ねや》に侍《はべ》る夜《よる》……5

あとがき……222

イラスト／樹《いつき》要《かなめ》

今から数年前、売春防止法が廃止され、一等赤線地区が復活した。昔ながらの遊廓《ゆうかく》や高級娼館《しょうかん》等が再建され、吉原《よしわら》はかつての遊里《ゆうり》としての姿を取り戻した。

広い庭に、桜の花片《はなびら》が降りしきる。

花降楼《はなふりろう》では、この季節のしきたりとなっている花の宴《うたげ》が開かれていた。

緑の芝生《しばふ》には鮮《あざ》やかな緋毛氈《ひもうせん》が映《は》え、設《しつら》えられた舞台では幇間《ほうかん》が芸を披露《ひろう》している。傾《けい》城《せい》たちは晴れの日のために誂《あつら》えた仕掛けで豪華に着飾り、新造《しんぞう》や禿《かむろ》を従えて、いつもの閨《ねや》とは違う春の日差しのもとで上客たちをもてなしていた。

戦前のような花街が蘇《よみがえ》っていると噂に聞いてはいても、吉原の「外」からは想像もつかない華《はな》やかな世界だ。

とりわけ目を惹《ひ》くのは桜の下、大勢の男たちの中心に座り、驕慢《きょうまん》な笑みを振りまいている傾城の姿だった。男たちは彼に酒を勧《すす》め肴《さかな》を勧め、歓心《かんしん》を買おうと競う。客を饗応《きょうおう》するというより、客に傅《かしず》かれているようでさえあった。

無礼講《ぶれいこう》の宴とはいえ普通ならありえない状況ではある。けれどそのはっきりとした顔立ちの美しさを見れば、納得せずにはいられない……。

「どうしました？」

「……いや」

追いついてきた遣《や》り手に話しかけられ、上杉《うえすぎ》は首を振った。遣り手とは廓《くるわ》内の一切《いっさい》を取り仕切る者のことを言い、この男は鷹村《たかむら》という名だと聞いていた。

「一幅《いっぷく》の絵巻物のようだとね。あの人が男の遊廓をはじめると聞いたときは、こんどはどんな酔狂《すいきょう》かと思いましたが……」

「酔狂であることには変わりありませんよ」

鷹村はくすりと微笑する。白く取り澄《す》ました顔に、微《かす》かに艶《つや》が滲《にじ》む。

「違いない」

「お気持ちを変えていただけなくて残念ですが、よろしければ宴だけでも楽しんでいってください。今、誰か呼びますから」

「いや、それには及びませんよ」

酒の相手をする色子《いろこ》を呼ぼうとする鷹村を、上杉は止めた。

「しかしこの庭は見事だ。しばらく一人で散歩してもかまいませんか」

「ええ、勿論《もちろん》。履《は》き物をお持ちしましょう」

渡り廊下《ろうか》で鷹村と別れたあと、上杉は禿が持ってきてくれた靴を履いて庭へと降りた。

日本庭園風の造りだが、最初からここで宴を開くことを想定してあるのだろう。植え込みなどの配置にはゆとりがある。こんなところにも見える造り手のこだわりに、上杉は密《ひそ》かに苦笑した。

賑《にぎ》やかな宴の中心から少し逸《そ》れ、遠目にそれを眺《なが》めながら芝生を歩けば、桜の花片が風に乗ってちらちらと降りかかってくる。

「花の下にて……か」

てのひらに受けて、ふと呟《つぶや》く。

桜の木の陰《かげ》から、ふいに鮮やかな色彩《しきさい》が現れたのは、そのときだった。

上杉はその姿に微かに目を見開く。

（先刻《せんこく》の……）

大勢の男たちを侍《はべ》らせていた傾城だった。

臙脂《えんじ》の仕掛けに、緩《ゆる》く波打つ艶やかな金髪という派手な組み合わせが、それでもよく映《は》えている。瞳が焦《こ》げ茶色であるところを見ると、あの髪はわざわざ染《そ》めたものなのだろうか。

どこか蓮《はす》っ葉《ぱ》な感じさえするが、それだけに婀娜《あだ》めいた美貌《びぼう》は、近くで見ればますます華やかだ。遠目に見たときは気づかなかった右目の下の泣きぼくろが、更なる色っぽさを添《そ》えていた。

その唇が、ふわりと開く。

「……西行《さいぎょう》ですか」

「ええ……」

春死なん、と続くその句はあまりにも有名なものとはいえ、彼が断片からすぐに作者を口にしたことに、上杉は少し驚いた。

昔の傾城は非常に教養が高かったとは聞いたことがあるが、花降楼の色子たちもそれに倣《なら》って相応の知性を身につけているのだろうか。それともこの妓《こ》だけが幾《いく》らか変わっているのだろうか。色に傾いたような外見を裏切る……と言ったら失礼だろうけれども。

風に靡《なび》く髪を掻《か》き上げながら、彼は言った。

「さっき、俺のこと見てましたよね」

「ああ……失礼しました」

気づいていたのかと上杉は思う。

「女王様のようでしたね」

そう口にすると、相手ははっと失笑した。

「あちらを放っておいていいのですか？」

「さあ？　鷹村に見つからなければ」

その答えに、こちらもつい小さく笑ってしまう。

「傾城は馴染《なじ》みでもない男に話しかけても叱られるのでしょう」

「無礼講の日に、野暮《やぼ》なことは言いっこなしですよ。それに、これからお客になってくれれば」

「私はここのオーナーの友人として招待されているだけの身の上ですから」

「でも、男には変わりない」

彼は艶めいた視線で見上げてくる。傾城として、どんな男も落とせるという思い驕《おご》りにやや呆《あき》れながら、上杉には却《かえ》ってそれが面白くも感じられてしまう。

「……いつもそうやって口説《くど》くのですか？」

「さあ、いろいろ」

誘惑《ゆうわく》に動じなかったことが気に入らないのだろう。少し憮然《ぶぜん》と相手は肩を竦《すく》めた。

「玉芙蓉《たまふよう》……！」

ちょうどそのとき、遠くから呼びかけてくる声が聞こえた。

「見つかったか」

彼は振り向いて呟く。呼んだのは、置いてきた客たちの一人であるらしい。このくらいの庭では、見つかるのは時間の問題だっただろうけれど。

玉芙蓉、という名前には、上杉にも聞き覚えがあった。

「ああ、あなたがあの……」

先刻、鷹村との雑談の中で、愚痴《ぐちま》混じりに聞かされた名前だった。

意外さに思わずわずかに目を見張りながら、しかしどこかで予感していたような気もする。玉芙蓉という艶やかな名前は、この妓によく似合っていた。

玉芙蓉は上杉の科白《せりふ》にぴくりと眉を寄せる。

「どういう意味です？」

「失言でした。忘れてください」

上杉はかわそうとしたが、玉芙蓉は納得しなかった。

「よけい気になりますが。鷹村から何か？」

「いや……ただ、しょっちゅうお職《しょく》を張っている売れっ妓だとね」

「それだけだったらごまかす必要はないでしょう」

追及され、上杉は吐息《といき》をついた。しかしながら、鷹村に聞いた話を直接ぶつけたら、この妓はどんな反応をするのだろう？

そう思えば、興味深くもある。

「では申し上げましょう。それほどの売れっ妓でありながら、顔だけが取り柄《え》の若い男にばかり入れあげて、借金を嵩《かさ》ませている。困ったものだとね」

「あいつ……！」

玉芙蓉は言葉を荒げる。

ふいに表れた玉芙蓉の素《す》の顔に、上杉は面白味を覚えた。こんな顔が見てみたくて白状したのかもしれないと思う。

「別に俺は若い男が好きなわけじゃねーよ……！」

「でも今の間夫《まぶ》は若いのでしょう？」

揶揄《からか》えば、玉芙蓉はなおさら膨《ふく》れる。つい諭《さと》す気になったのは、少し幼いそんな表情を見てしまったからだろうか。

「しかし身揚《みあ》がりもほどほどにしたほうがいい」

「え……？」

「ああいう手合いに引っかかると、ろくなことにはなりません。いずれ身を滅《ほろ》ぼすことになりかねませんよ」

「な……」

玉芙蓉がさっと頰《ほお》を紅潮《こうちょう》させ、目を吊り上げる。

「あんたに何がわかるって言うんだよ……!?」

「わかりますよ。職業柄、あなたのような人をたくさん見て来ましたのでね。ろくでなしを甘やかして、更にろくでなしにして、自分も抜き差しならないところまで落ちていくようなね」

そう答えた次の瞬間には、頰を打たれていた。

「失礼な……!!　よけいなお世話だっていうんだよ……！」

玉芙蓉は仕掛けの裾《すそ》を搔き合わせ、大股《おおまた》で呼ばれたほうへ戻っていく。髪がふわりと風に靡く。

上杉は打たれた頬を撫でながら、微笑を浮かべてその後ろ姿を見送った。

【1】

褥《しとね》を抜け出す朝帰りの客の気配に、玉芙蓉《たまふよう》もまたそっと身を起こした。夢見が悪かったせいかなんとなく不機嫌なままで、緩く波打つ髪を掻き上げる。

客は立ち上がると、乱れた衣服を自《みずか》ら整えはじめていた。

「……もう帰るのか」

客とは言っても、彼は花代《はなだい》を払って登楼《とうろう》しているわけではない。

傾城が身銭《みぜに》を切って客を登楼《あが》らせることを、身揚がりという。この若い男は、玉芙蓉にとってそういう相手だった。

「今日は休みなんだろ？」

「ちょっと客先とトラブってさ。社長の俺が顔出さねーと、どうにもなんねーんだよな」

どこか芝居がかった科白を吐く男の背に、玉芙蓉はスーツの上着を着せかけてやる。高価で洒落《しゃれ》たその服も、ねだられて玉芙蓉が仕立ててやったものだ。

「なあ、次いつ来る？」

「さあなあ……トラブルが落ち着いたらかな」

「それっていつだよ？」

「それよかさ」

男は答えをはぐらかす。

「いくらか都合つかねえかな」

「え……」

またか、という言葉が、玉芙蓉の脳裏《のうり》を過《よ》ぎった。男に金を用立てるのは、これが初めてではない。そして返ってきたことはただの一度もなかった。

こんなときばかり媚《こ》びた笑顔をみせる男に小さな苛立《いらだ》ちを覚えながら、玉芙蓉は男に背を向ける。

「つくわけないだろ。だいたいついこのあいだだって」

「まとめて必ず返すって……！」

玉芙蓉の科白に被《かぶ》せるように、男は言った。

「ちょっとじじいどもに色気を振りまきゃあ、おまえなら百万や二百万なんてすぐだろ、すぐ……！」

「おまえな……！　俺がどんな思いで」

客をとることが嫌いかと言われれば、そういうわけではなかった。けれど何度も玉芙蓉が身揚がりし、間夫——恋人のような間柄にあるこの男が、それを言うのかと思う。平気なのかと思えば拗《す》ねた気持ちにならずにはいられなかった。

玉芙蓉が声を荒げれば、男はまあまあと宥《なだ》めてくる。

「トラブってるって言っただろ？　俺たちの将来のためにも、会社を潰《つぶ》すわけにはいかねーじゃねーかよ。会社が立ち直ったら必ず身請《みう》けしてやるからさ」

「……」

「それともおまえ、俺に首括《くく》れとでも言うのかよ？」

機嫌をとられてやや気を取り直しかけたところに告げられたその言葉は、玉芙蓉の胸を強く揺さぶった。瞼《まぶた》の裏に、ちらちらと蘇りそうになる古い記憶がある。

玉芙蓉はぎゅっと目を閉じ、男から離れた。

からくり箪笥《だんす》の前に膝《ひざ》を突き、寄せ木細工《ざいく》のように組み込まれた隠し抽斗《ひきだし》から、封筒に入った紙幣の束を取り出す。もう貢《みつ》ぐのはやめようと思いながら、こんなものを用意している自分が嫌になる。けれど好きな男に頼まれれば、やはり嫌とは言えなかった。

封筒を手渡すと、男はちらりと口を覗《のぞ》き、呟く。

「しけてんな。ま、いっか」

廊下から幼い声がかけられたのは、そのときだった。

「失礼します」

続きの座敷と奥の間の襖《ふすま》を開けて、少し前に玉芙蓉付きになった禿、蜻蛉《かげろう》が姿を現した。畳に両手を突いて頭を下げ、顔を上げる。

その途端《とたん》、男が小さく口笛を吹いた。

まだまだ幼いが、将来はどれほどの色子になることかと期待される人形のように美しい蜻蛉の顔立ちに、驚嘆《きょうたん》したのだと玉芙蓉にもわかる。

美妓《びぎ》揃いの花降楼にあってお職を張る玉芙蓉もまた、容姿には絶対の自信はあるが、年齢からしてこの先は徐々に衰《おとろ》えていくばかりだろう。

そんなことを目の前に突きつけられた気がして、玉芙蓉は不機嫌になった。

「弁護士の上杉《うえすぎ》先生がお呼びです」

「あいつが？」

蜻蛉の伝える伝言に、玉芙蓉は眉を寄せた。

花降楼の顧問《こもん》弁護士である上杉から、見世《みせ》の傾城に呼び出しがかかることはめずらしい。それでも、何の話かはだいたい想像がつくけれども。

「わかった」

苛立ちを抑《おさ》えながら答える。

男は無造作《むぞうさ》に封筒を懐《ふところ》に突っ込んだ。

「じゃあ俺、帰るわ」

「あ、送る……！」

「呼ばれてんだろ。ここでいいよ」

帰ろうとする男を追えば、彼は言った。そして蜻蛉に、

「君、かわりにそこまで送ってくれる？」

「……はい……」

困惑しながらも、蜻蛉は頷《うなず》く。

二人は一緒に玉芙蓉の本部屋を出て行った。

閉ざされた襖に、玉芙蓉は枕《まくら》を投げつけた。肩で息をつき、苛々《いらいら》と髪を掻き上げる。

だんだん訪《おとず》れが間遠《まどお》になっているのがわかる。再三手紙をやったにもかかわらず、登楼もひさしぶりなら泊まりはもっとだ。そして来るたびに金を持っていく。これまでどの男とも繰り返されてきたいつものパターンだ。

（今度もそろそろかも……）

そう思って、首を振る。

いや。今度こそはきっと。

（金が貯《た》まったら身請けするって言ってくれてるし……俺が信じてやらないと）

けれどそんな日は、何故だか永遠に来るような気がしなかった。

叩くのと同時に扉を開けると、花降楼の顧問弁護士、上杉が、執務《しつむ》机の向こうで書類から顔を上げた。

（相変わらずすかしてやがる）

細いメタルフレームの眼鏡が誂えたように似合う、理知的に整った顔立ちが、玉芙蓉は昔から気に入らなかった。

口説いたのをかわされたばかりか、説教までされるという初対面の印象が最悪だったからかもしれない。

（まさかあのときは、こいつが見世の顧問弁護士になるなんて思いもしてなかったけど）

上杉は吉原の外に別に住居をかまえてはいるが、楼内にも執務室を与えられていて、必要に応じて通ってくる。見世の法律的な面を総合的に管理している男だった。そしてその中には色子たちの身の振り方や、借金や貯金などに関することもある程度含まれていた。

彼は玉芙蓉を見て、にこりと嫌《いや》みな笑みを浮かべた。

「相変わらずだらしない格好をしていますね」

「色っぽいと言って欲しいね」

彼が就任してきて以来、何度か顔をあわせているが、そのたびに着崩した姿を咎《とが》められている気がする。

(余計なお世話だっての)

それに負けるのが嫌で、むしろ寝乱れたさまを見せつけるように、緋襦袢《ひじゅばん》の上に仕掛けを羽織《はお》っただけの姿で上杉の部屋を訪れていた。

「この脚を見るために、客がいくら払うと思ってんだよ?」

「だからと言って、私に見せても一円にもなりませんよ」

(いちいちむかつく……!)

それはたしかにその通りだが、誰もが見たがるものなのに、何故上杉は関心を示さないのだろう。ひどく面白くなかった。

「まあ、お掛けなさい」

応接椅子を勧《すす》められたが、玉芙蓉は聞かずに進み出て、机の上に手を突いた。

「俺に何の用だって?」

反抗的な態度に上杉は小さく吐息をつき、開いていた書類を閉じた。そして別の書類を取り出す。

「今後の身の振り方のことですよ。あなたも来年は年季《ねんき》明けですから、一度ちゃんと話しておこうと思いましてね」

「……」

予測はしていた内容だった。この男が自分を呼び出す理由は、他には思いつかなかった。とはいえ、玉芙蓉にとっては愉快《ゆかい》な話とは言えない。むしろわざとなるべく考えないようにしてきたことだった。

上杉は続けた。

「あなたは、毎月のようにお職を張るほどの売れっ妓でありながら、全然貯蓄《ちょちく》ができていない。それどころか多額の借金まで残っていますね」

痛いところを突かれて、玉芙蓉は憮然《ぶぜん》と顔を逸らす。

「……それで？　俺にどうしろってんだよ？」

「それは私のほうが伺《うかが》いたいですね。いったいあなたはどうするつもりなんです？」

帳簿に落としていた視線を上げ、上杉は言った。

「年季明けを迎えても、このままではとても足を洗うというわけにはいきません。格下の見世に身売りしてもらうしかないことになりますが……」

「まだだいぶ先のことだろ。稼《かせ》ぎはあるんだし、この俺がその気になれば前借なんて」

「この額を今からなんとかするのは、あなたの稼ぎでもそう簡単ではないでしょうけれどね。いったい一晩に何人の廻《まわ》しをとれば足りると思いますか」

その言葉に、玉芙蓉はまたぐっと詰まる。

「まあ、ろくでもない男に貢ぐのをやめれば不可能とは言い切れませんがね。いったい今日までに身揚がりだけでいくら貢いだか、知りたいですか？　今ここで計算してさしあげてもいいのですよ」

「やめろ」

聞きたくもなかった。まったく、嫌みにもほどがあると思う。

「これが手許《てもと》に残っていたら、悠々自適《ゆうゆうじてき》の生活ができたでしょうにね」

「俺が誰にいくら貢ごうが、俺の勝手だろ……！」

「まあまったくその通りですが」

意外にあっさりと上杉は引いた。

「しかし今後のことについては無関係というわけにはいきません。身売り先を探すとなれば、一切の手続きは私がしなければなりませんのでね。今すぐに結論を出せとは言いませんが、それが嫌ならなるべく早く借金を返すなり、身請けしてくれる人を探すなりすることです」

(偉そうに)

上杉の言うことはもっともだが、玉芙蓉は反発を覚えずにはいられない。

「大袈裟《おおげさ》なんだよ。いざとなったら中見世か小見世にでも身を落とせばいいってだけのことだろ。別にこの商売が嫌いというわけじゃないし、かまわねーよ」

「いいんですか？　わかっているとは思いますが、他の見世では今までみたいな女王様扱いはしてもらえませんよ。待遇《たいぐう》も悪くなるし、気に入らないからと言って客を振ることもできなくなる。それに中見世や小見世で止まればいいが、今のようなことを続けていては、転落するばかりです。河岸《かし》見世まで落ちれば病気をもらったり、最悪野垂《のた》れ死にするようなことにもなるかもしれませんね。そんな見世は客層も最悪だし——ああ、でもそういう男が好みなのでしたら、却《かえ》って天国かもしれない」

「よくもそうべらべらと……」

玉芙蓉は憮然とため息をついた。だがふと思いついて唇で笑う。

「もしかして、俺に気がある？　だったら」

机に乗り上げ、男の顎《あご》に手をかけて、玉芙蓉は囁《ささや》いた。

「ちょっと帳簿を弄《いじ》って、俺の借金ちゃらにしてくれたら……」

「誰もが大金を積むそのからだをただで抱かせてくださる、と」

誘惑の視線を、上杉はやや面白がるような目で見返してくる。

「考えないでもないぜ」

犯《や》らせてやってもいい。この男を落としたら、きっと胸がすくだろう。でも逃げ切るのも面白そうだと思う。

（そうだ、からだを餌《えさ》に働かせるだけ働かせて……あとは知らん顔をしてやったら）

初対面のときに袖《そで》にした罰《ばつ》を与えることができる。今さらその気になってももう遅いってことを、思い知らせてやるのだ。

　機嫌よく微笑みかける玉芙蓉に、上杉は唇を開いた。

「――あなたには、昔から非常に興味があったのですよ」

「えっ？」

　その言葉に、玉芙蓉は何故だかどきりとする。

（そう――だったのか……？）

　ずっと嫌みばかり言われてきて、とてもそうは思えない。けれどそれも関心の裏返しだと考えれば……。

「前から一度ぜひ聞いてみたかったことがあるんです」

　と、上杉は言った。

「何なりと」

「あなたはどうしてそんなに男の趣味が悪いんですか？」


　大きな音を立てて扉を閉め、玉芙蓉は上杉の部屋をあとにした。

（むかつく……！）

――私が誘惑には乗らないことはわかっているでしょうに

上杉の言葉が耳に蘇る。たしかに、誘惑を試みて失敗するのは二度目になるけれども。

（この俺が誘って靡《なび》かない男がいるなんて）

自分と一晩過ごすために、この世の金持ちたちがいったいいくら払っていると思っているのだろう。

――法律上その身体はあなた自身ではなく見世のもの。楽しいお話でしたが、こんなことをしている暇《ひま》があったら、借金を返す方法でも考えたらいかがです？

（言われなくても……！）

憤然《ふんぜん》と廊下を歩き、自分の部屋へ戻る。

そして奥の間の襖を開けた途端《とたん》、玉芙蓉は小さな違和感を覚えた。その原因がわかった瞬間、血の気が引く思いがした。

現金や金目の物を入れておいたからくり簞笥の抽斗が開いているのだった。

駆け寄って、中を確かめてみる。

（ない……！）

しまっておいたはずの、当座の金子《きんす》が見あたらなかった。

咄嗟《とっさ》に思い浮かべてしまったのは、間夫の顔だった。彼はついさっき、ここの開け方を見ていたはずなのだ。

（でもまさか、そんなことまでするはずない）

ややお金にだらしのない男だということはわかっているが、玉芙蓉は男を信じていた。でなければ自分が惨《みじ》めすぎた。

（だけど、他に誰が）

とにかく追って確かめなければと、玉芙蓉は部屋を出た。

その途端、前を通りかかった禿にぶつかりそうになった。蜻蛉だった。

「おまえ……」

そういえば、あのときちょうど蜻蛉が部屋に来た、と思い出す。もしかしたらこの子も開け方を見ていたのではないか？

玉芙蓉は蜻蛉の着物の襟首《えりくび》を摑《つか》み上げた。

「おまえが盗んだのかよ⁉」

「えっ？」

「他に考えられねーんだよ。白状しろ……！」

「俺は、何も……っ」

「白《しら》を切るつもりかよ、この泥棒猫……！」

頭に血が上り、思いきり手を振り下ろす。けれど玉芙蓉が叩いたのは、蜻蛉の頬ではなかった。

同じ玉芙蓉の部屋付きの禿、綺蝶《きちょう》が身体をねじ込むようにして蜻蛉をかばったのだった。かわりに打たれ、頬の赤くなった綺蝶が睨《にら》みつけてきた。

「バカ、おせっかい……!」

蜻蛉はそんな綺蝶に食いつきながらも、心配そうにその頬を見つめる。綺蝶は蜻蛉に視線を落とし、微笑《わら》った。

「お姫様の可愛い顔に傷がつかなくてよかったじゃん」

「かわりにおまえが叩かれてどうするんだよ……!」

「大丈夫だって。面《つら》の皮は厚いから」

と、また綺蝶は笑う。

(――何が「お姫様」だか)

ガキじゃないか、と思う。

禿たちの互いにかばいあうような仲の良さに、玉芙蓉はますます苛ついた。こんな綺麗《きれい》な感情は、自分と間夫のあいだには、なかったような気がして。

(……そんなことない、はずだけど……)

「どうしたんです!?」

騒ぎを聞きつけて、遣り手の鷹村《たかむら》がやってくる。

玉芙蓉は彼らに背を向け、部屋の中へ戻って思いきり襖を閉めた。

「待ちなさい……！」

けれど鷹村も追ってきた。

「おまえたちも入りなさい」

そう言って、綺蝶と蜻蛉も二間《ふたま》続きの奥の間へと招き入れる。そしてふて腐《くさ》れて顔を背《そむ》けている玉芙蓉の前に座らせた。

「禿といえども将来は大切な商品です。顔を叩くとは何ごとですか」

鷹村の説教がはじまる。

「……」

「いったい何があったんです？」

「……別に」

もしも金を盗んだのが間夫だったら。

そう思うと、これ以上騒ぐのは躊躇《ためら》われた。

（……違うとは思うけど）

それでも、玉芙蓉は彼ではないと言い切ることができない。

「何もなくて叩いたわけはないでしょう。……その簞笥は？」

その言葉にはっとした。からくり簞笥の抽斗が開いたままになっていたのだ。今さら遅いが、慌てて元に戻す。

「別になんでもない……！　もういいって言ってるだろ！」

「どうせこの子たちや他の者に聞けば概《おおむ》ねわかることですよ」

それはたしかにその通りだった。

玉芙蓉は唇を噛みしめる。黙っていても意味はない。どころか不利になるばかりかもしれない。

玉芙蓉は唇を開いた。

「……蜻蛉が盗《と》ったんだよ、俺の簞笥から金を」

「蜻蛉がやったという証拠でもあるんですか？」

「……それは……」

証拠はなかった。

「でもこいつしか考えられねーんだよ……！」

間夫ではないとしたら、状況的に蜻蛉しかいないと思う。しかしながら玉芙蓉自身、その考えには疑問を感じずにはいられなかった。子供だからというより、何気《なにげ》ない立《た》ち居振《いふ》る舞《ま》いにも育ちの良さを滲《にじ》ませる蜻蛉が、盗みを働いたと考えることには、違和感があったのだ。

どこか後ろめたく、思わず彼らから目を逸らす。

鷹村はため息をつき、蜻蛉を振り向いた。

「おまえが盗んだのですか？」

「いいえ……！　俺は盗ってません……っ」

「状況を最初から説明しなさい」

「はい……」

蜻蛉は頷いて話しはじめた。

「玉芙蓉さんに上杉先生からのお呼び出しがあったので、俺がかわりにお客様を大門《おおもん》までお送りすることになりました。それで仲の町通りまでお供《とも》をすると、お客様が急に忘れ物をしたとおっしゃいました」

「お客様をお一人で見世まで引き返させたのですか」

「すみません。俺が行くと申しましたが、子供の足より自分が戻った方が早いから待っているようにとおっしゃったので……」

「それから？」

「しばらくそこで待ちました」

「どれくらい？」

「二、三十分だと思います」

鷹村は再びため息をついた。

見世と仲の町通りはすぐ近くだ。普通に忘れ物をとりにいっただけでそれはありえない。

見つからなくて探していたという可能性がないわけではないが……。

鷹村はちらりと玉芙蓉のほうへ視線を向けてくる。その瞳には、憐《あわ》れみの色さえ宿《やど》っている気がした。

「な……なんだよ⁉　客を疑う気かよ⁉」

「まだ何も言っていませんよ」

「……っ……」

玉芙蓉自身、その可能性を考えていることを白状したも同じだった。語るに落ちるとはこのことだった。

「本来なら、勿論《もちろん》お客様を疑うべきではありませんけれどね……」

「身揚がりの客は客じゃないって言うのかよ。俺の稼ぎからたっぷり引いてやがるくせに……！」

玉芙蓉の言葉を、鷹村はとりあってはくれなかった。

「ともかく、見世としてはこんなことを表沙汰《おもてざた》にして大騒ぎをしたくはありません。あなた自身の評判にもかかわることですし、今回は自分の不注意と思って諦《あきら》めるか、それでもどうしても盗んだ者をどうにかしたいなら、上杉先生に相談しなさい」

鷹村の頭の中では、すっかり犯人は玉芙蓉の間夫だということになってしまっているようだった。

玉芙蓉は両手を握り締める。

上杉に相談するなんて、冗談ではなかった。またどんな嫌みを言われるか、話す前から想像がついた。

「……っもういいって言ってるだろ……！」

疑いたくはないが、もし傾城が間夫に金を盗まれたなどという噂でも立ったら、大恥《おおはじ》もいいところだった。きっと色子としての人気も地に落ちるだろう。表沙汰になどできるわけがないのだ。

「いいから出てけよっ……!!」

玉芙蓉は立ち上がり、鷹村と禿たちを無理矢理部屋から追い出した。

ぴしゃりと襖を閉ざし、背中で封じる。

（畜生《ちくしょう》、どうしてこんなことに）

玉芙蓉は事件の記憶をたどってみる。

思い返せば、すべては上杉からの呼び出しがあって玉芙蓉が彼の執務室を訪ねていたあいだの出来事だったのだ。

（そうだよ……あいつがあんな間《ま》の悪いときに俺を呼び出したりしなかったら）

そうしたら、こんなことにはならなかったのかもしれないのだ。

（あいつが悪いんじゃねぇか）

自分の不注意も何もかも棚《たな》に上げ、玉芙蓉は胸の中で上杉に八つ当たりをした。

それから数日が過ぎても、玉芙蓉の憤懣《ふんまん》は治まらなかった。

男の訪れもない。まさか……と思う気持ちは、打ち消そうとしてもいつも玉芙蓉の中に燻《くすぶ》っていた。

「また男に捨てられたんだって？」

髪部屋と呼ばれる談話室の中では、色子たちが集まり、張り見世に並ぶまでの時間を思い思いに過ごしている。

そのうちの一人、葵《あおい》が玉芙蓉に話しかけてきた。

玉芙蓉は読んでいた本から顔を上げ、脇息《きょうそく》に頬杖《ほおづえ》を突いて相手を睨みつける。

「何の話だよ？」

もともと相性の良い同朋《どうほう》ではなかった。玉芙蓉の売り上げがいいのを妬《ねた》んでか、何かというと突っかかってくるのだ。そして玉芙蓉自身、喧嘩《けんか》を売られれば買わずにはいられない性格だった。

「みんな言ってるぜ？　金を持って逃げたのは、おまえが入れあげて貢いでた間夫だってね」

「貴様……!!」

思わず玉芙蓉は立ち上がり、葵に殴りかかろうとした。

「玉芙蓉……！」

後ろから抱きついて、仲の良い同朋の夕顔《ゆうがお》がそれを止める。騒ぎを起こせば、それなりの罰が待っているのだ。

玉芙蓉が動きを封じられたのをいいことに、葵は更に言い募《つの》る。

「おまえも可哀想《かわいそう》だよなあ。せっかく稼いでも、全部男に持ってかれたあげくに振られたんじゃ意味ねーじゃん。高い花代払って、こんな奴んとこに通ってくるお客様もいい面の皮だよ」

「うるせーんだよ!!　貢ぐだけの金も稼げねえくせに……！」

「なんだと、この野郎っ」

葵が胸ぐらに摑みかかってくる。

「あんなろくでなしにまで捨てられたようなやつが、偉そうにほざくんじゃねーよ！」

「だから誰が捨てられたってんだよ!?」

「金まで盗まれて、まだ信じてんのかよ。相当おめでてぇな……！　あのろくでなしなら別の見世の妓と歩いてんの、仲の町通りで何度も見かけたぜ……！」

「な……」

彼の言葉に、玉芙蓉は愕然《がくぜん》とした。そういう可能性をまるで考えたことがなかったわけではないけれども。

「嘘だと思うんなら、張り込んでみろよ……！」

玉芙蓉の身体から力が抜けるのと同時に、彼を制していた夕顔の手がわずかに緩む。その隙《すき》を突くように、玉芙蓉はその腕から抜け出した。

髪部屋から飛び出し、見世の外へ向かう。

そろそろ陽も落ち、花街には人通りも増えつつあった。廓や娼館ばかりではなく、小料理屋などの店も暖簾《のれん》をあげている。

こんなふうにあてもなく出てきたって、簡単に見つけられるわけがないとは思いながら、玉芙蓉は仲の町通りを彷徨《さまよ》った。第一、もともと仲の悪い葵が、本当のことを言っているとも限らないのに。

(そうだよ……見つかるわけない)

見つけたくなかった。

「あ……」

それなのに、ふいに目に飛び込んできた姿があった。

小間物《こまもの》屋の店先で楽しそうに簪《かんざし》を選ぶ他の見世の娼妓《しょうぎ》と、あの男だった。

見た瞬間後先も考えず、かっと頭に血が上った。

玉芙蓉は大股で二人に近づいていった。

その気配を感じたのか、男がふいに振り向き、さっと顔色を変える。

「玉芙蓉……」

「何やってんだよ……!? この女、誰だよ!? 俺というものがありながら、こんなところで浮気してんじゃねーよ……!」

男は眉間《みけん》に皺《しわ》を寄せ、あからさまに不機嫌な顔をした。

「そっちこそ何言ってんだ？」

「え……？」

「おまえは色子じゃねーか。俺が他の見世で誰を買おうと、おまえには関係ねーだろ？」

「な……」

玉芙蓉は一瞬、絶句した。

たしかに、客と色子という関係ではあった。けれどそれだけではなかったはずではないか。だから身揚がりもしたし、言われるままに金を用立てたり、あんなことがあってもまだ信じていたのに。

「この……っ、よくそんなことが言えるよな!?」

「鈍《にぶ》いのもいい加減にしろよ。うぜーんだよ、おまえ」

男は深くため息をついた。

「最初はただでやらせてくれるし、金まで貸してくれて便利でいいかと思ってたけどさ、おまえしつこいし、ちょっと貢いだからってそうやって自分のものみてぇな顔されんの、鬱陶《うっとう》しいんだよ。もう二度と俺の前に顔出さないでくれる？」

あまりの言葉に、玉芙蓉は呆然《ぼうぜん》と目を見開く。全身が怒りでぶるぶると震えはじめるのを感じた。

「よくも……！」

思わず男の胸倉《むなぐら》に摑みかかる。

「そんなつもりで俺んとこに来てたのかよ⁉　金を盗んだのもやっぱりおまえだったんだな……⁉」

「やめろよ‼　どこにそんな証拠があるってんだよ⁉」

犯人がこの男だということは、ほとんど確信になった。

男は玉芙蓉の手を摑み、引き剝《は》がす。バランスを崩し、玉芙蓉は道に転がった。

「さ、行こうぜ」

玉芙蓉を顧《かえり》みもせずに、連れていた娼妓の肩を抱いて去っていこうとする。

あまりの仕打ちにそれを呆然と見送りかけ、玉芙蓉ははっとした。

「待てよ、この野郎っ……‼」

起き上がり、彼らのあとを追う。

玉芙蓉は履き物を脱いで手に持ち、後ろから男に殴りかかった。

「痛え……!!」

男は頭を抱えてうずくまった。その上から、玉芙蓉は仕掛けを振り乱し、何度も下駄《げた》を振り下ろした。

「誰かぁ……!」

娼妓がたすけを求めて叫ぶ。

「やめろ!　こら、やめ」

「この俺をコケにしやがって……!」

下駄で殴るだけでは飽《あ》きたらずに、足蹴《あしげ》にさえする。悔《くや》しくて、泣きたいくらいだった。

周囲が騒ぎに気づき、遠巻きにしはじめていた。見せ物を面白がり、囃《はや》し立てる声も聞こえる。

「玉、やめ、やめろって言ってるだろ!!」

男は玉芙蓉の足首を摑み、引き倒した。

「っ……!」

玉芙蓉は再び道に倒れた。頬に痛みが広がる。転んだ瞬間、擦《す》ったのだとわかった。

「畜生、よくも商売道具を……っ」

玉芙蓉が起き上がるより早く、男は馬乗りになってきた。長い髪を滅茶苦茶《めちゃくちゃ》に引っ摑み、頬を何度も平手打ちしてくる。

警官が駆けつけてきたのは、玉芙蓉がようやく不利な体勢を挽回《ばんかい》し、男の上に跨《また》がったそのときだった。

「こら……‼　何やってるんだ‼」

警官は玉芙蓉を男から引き剝がす。

「放せよ‼　この男がっ……」

暴れる玉芙蓉に、警官は言った。

「おとなしくしないと、傷害の現行犯で逮捕するぞ‼」

「な……」

悪いのはあの男なのに、何故自分が逮捕されなければならないのか。

男のほうはといえば、別の警官にたすけ起こされている。理不尽《りふじん》さにいっそう怒りが募った。

「とにかく、一度署まで来てもらおうか」

「はあ……⁉」

玉芙蓉は思わず声をあげた。

引きずって連れて行かれそうになる。

「ちょ、放せよ……！　放せって言ってるだろ……!!」

けれどどんなに抗《あらが》っても、警官が玉芙蓉を解放してくれることはなかった。

【2】

玉芙蓉《たまふよう》は吉原警察へと連れて行かれ、男とは別室で事情聴取を受けた。

ふて腐れながらも仕方なく玉芙蓉が説明した経緯《いきさつ》とは、相手の男はかなり違うことを言っているらしい。曰《いわ》く、自分に入れあげている色子が他の娼妓と歩いているところを目撃して逆上し、いきなり殴りかかってきたのだと。しかも自分は防御《ぼうぎょ》しただけで積極的に手を上げてはいない、とも言っているようだった。

それを聞いて、玉芙蓉の怒りはますます燃え上がった。

必死で抗議したけれども、そのために公務執行妨害《こうむしっこうぼうがい》だと言われ、留置場《りゅうちじょう》に放り込まれることになった。

（やっぱ警官に摑みかかったのはまずかったか……）

格子《こうし》の中の冷たい床に座り込み、膝のあいだに頭を埋《うず》めて深くため息をつく。

（だけどあんな男だったなんて）

たしかに金のことや、いろいろいい加減なところがあるとは思っていた。多少の浮気があることもなんとなく感じていたし、暴力を振るわれたことも前にもあった。けれど根は悪い男ではないと信じていたのに。

（なんであんな男を好きになったんだろう）

あの男ばかりではない。思えば前の男も、その前の男も同じようなタイプで、同じように身揚がりを繰り返して、それでも繋《つな》ぎとめることはできずに同じような破局を迎えたような気がする。

（どうしていつも俺は）

彼らは皆、最初は普通の客だったのだ。それなのに、つきあってしばらくたつと、少しずつおかしくなっていく。

（いや……普通、っていうのとは最初から違ってたか……）

金にたっぷりと余裕のある客たちに傅《かしず》かれる中で、玉芙蓉が間夫《まぶ》としてきたのは少し違ったタイプばかりだった。後先考えずに散財《さんざい》する借金持ちや、そうでなくても金にだらしのない男が多かった。そういう男たちに甘えられると、何故だか玉芙蓉は弱かった。

たしかに、みな顔は良かった。けれど美形なら他の客たちの中にも少なからずいたのだ。なのに玉芙蓉は、経済的に余裕のある落ち着いたタイプの男に惹かれたことはなかった。

（なんで俺はそういう男を好きにならないんだろう？）

娼妓と客との色恋は実らないことが多いとは言われるが、それにしてもせめて普通の客を好きになっていれば、ここまでひどい目にあうことはなかったのにと思わずにはいられない。

(……つまりそういう男が好みだってことなんだろうけど)

——どうしてあなたはそんなに男の趣味が悪いんですか？

ついこのあいだ聞かれた上杉の問いが耳に蘇り、玉芙蓉はますます不愉快な気持ちになる。

(そんなこと、俺のほうが聞きてぇよ)

深く吐息をつき、自分で自分のからだを抱き締める。

(早くここから出たい……)

この冷たく暗い箱の中にいると、思い出したくないことを思い出してしまいそうな気がする。


留置場に一晩留《と》め置かれ、解放されたのは翌日の早朝になってようやくのことだった。

迎えに来た男の顔を見た瞬間、玉芙蓉は思わず回れ右をして檻《おり》の中へ舞い戻りそうになってしまった。こんな惨《みじ》めな姿を、誰よりも見られたくない相手だったからだ。

「これはまた、ずいぶんと男ぶりが上がりましたね」

頬の擦過傷《さつかしよう》を見て、上杉《うえすぎ》は表情も変えずにそう言った。

玉芙蓉は思わず声を荒げた。

「なんであんたが来るんだよ……！　鷹村《たかむら》はどうしたんだよ!?」

この男に来て欲しくないから、弁護士を呼ぶかと聞かれたときも断ったのに。

「顧問弁護士として、来ないわけにはいかなかったのですよ」

「ブタ箱まで色子を迎えに来るのも顧問弁護士の仕事なのかよ」

「いろいろと経緯がありましてね。出たくないのなら、無理にとは言いませんが？」

表情が変わらないにもかかわらず、上杉がひどく不機嫌なのが伝わってくる。早朝から留置場まで色子を引き取りに来させられれば当然というものだろうが、それにしても、下手《へ》なことを言えば本当に置いていかれそうな気配さえあった。逆わないほうがいい、と本能的に察した。

「お世話になりました」

と、警官に頭を下げさせられ、玉芙蓉は上杉のあとについておとなしく留置場を出た。

人気《ひとけ》のない夜明けの仲の町通りをとぼとぼと歩けば、ますます情けなさが込み上げてきてならなかった。こんな姿を誰かに見られたら、きっと憤死《ふんし》すると思う。

見世へ戻ると、上杉の執務室へと連れて行かれた。

逆う気力もなく、促《うなが》されるままにぐったりとソファに沈み込む。

カタと音を立てて前に何か置かれる気配に顔を上げると、大理石のテーブルの上に救急箱があった。

「大事な商売道具に傷を残すわけにはいきませんからね。とは言っても応急手当ですが……」

瞠目《どうもく》する玉芙蓉の隣《となり》に、上杉は腰を下ろしてきた。

（まさか……手当てしてくれるとか？）

救急箱を開けながら、彼は言った。

ピンセットで挟《はさ》んだ脱脂綿《だっしめん》に消毒液を垂《た》らす上杉の指先を、玉芙蓉は見つめる。意外と綺麗な指をしていることに驚いた。

こうしてじっくり手を見る機会などなかったから、今まで気がつかなかった。節《ふし》が張ってはいるが長くてまっすぐで、知的職業に従事《じゅうじ》している者らしい手だと思う。どこか繊細《せんさい》な感じがした。

見ていると、なんだか鼓動が速くなるような気さえする。

（——って、なんで）

「痛っ」

「動かないで」

薬が染《し》みて思わず声をあげると、鋭《するど》く制された。

「痛いんだよ……！」

上杉は不機嫌そうにため息をついた。

迎えに来てもらったうえに手当てまでしてもらっているにもかかわらず、玉芙蓉の文句が多いことに怒っているのかと思えば、少し違うようだった。

彼は目を伏せたまま続けた。

「本当に、あなたは馬鹿ですか。あんな男のために、こんな怪我《けが》までして」

「だっ……！」

抗議しかけた瞬間、また薬を強く押し当てられ、思わず声を詰まらせる。

「痛いって言ってるだろ……！　わざとやってるんじゃないだろうな!?」

「誓《ちか》って」

上杉はしれっと答えた。

（絶対嘘だ）

と、玉芙蓉は思う。けれど何故だかさほど腹は立たなかった。上杉が自分のために怒ってくれているように感じられたからかもしれない。

（どうせ気のせいなんだろうけど）

「……しようと思って怪我したわけじゃねーよ」

何を答えたらいいかわからず詰まってしまう玉芙蓉の頰にガーゼを貼《は》り終えると、上杉は言った。

「だから、って……」

「だから？」

「あとは病院へ行くか、鷹村さんにでも頼みなさい」

正直、どっちも気が進まないと思いながら、玉芙蓉はふと思いついて聞いてみた。

「そういえばあいつは？　こういうときは、普通遣り手が出てくるもんじゃないのかよ？」

「鷹村さんは外せない用があるそうです」

「こんな朝っぱらから？」

「さあ。『から』かどうかは」

その答えに、玉芙蓉は鳩《はと》が豆鉄砲を食ったような顔をしてしまった。

「……誰かと会ってるかもしれないってこと？」

考えてみれば、鷹村にもそういう相手がいても、なんら不思議はなかったのだけれども。

「誰」

「知りたければ本人にお聞きなさい」

さらりとかわされ、玉芙蓉は小さく舌打ちする。

（口は堅《かた》い、か……）

「焦《あせ》らなくても、昼になればたっぷり説教してもらえますよ」

玉芙蓉はどれほどの説教を受けることになるのかを想像し、うんざりと顎を出した。

上杉は立ち上がった。

「少しのあいだ待っていてください」

そう言い残すと、救急箱を持って部屋を出て行く。

一人になって、玉芙蓉は肘《ひじ》掛《か》けを枕にソファに長くなった。留置場の床と違って、ゆったりとした高価な椅子《いす》はやわらかくからだを包んでくれる。

（気持ちいい……）

ぐったりと弛緩《しかん》しながら、玉芙蓉は部屋の中を見回した。

（ここは母屋《おもや》とは全然違うな……）

色子たちの本部屋や宴会用の座敷のある母屋は、何もかもが昔の遊廓を模《も》して造られた日本家屋《かおく》だ。もうすっかり慣れてしまったが、最初はいつの時代に来たのかと思ったものだった。けれどこの部屋は、同じような重厚《じゅうこう》感はあるが、絨毯《じゅうたん》に応接セットが置かれ、マホガニーの執務机のある洋間だ。立派な本棚に並ぶ法律の本まで、まるでインテリアのように見える。

こういうのがこの男の好みなのだろうか。

（なんか……少し娑婆《しゃば》の香りがする）

扉が開く音がして、玉芙蓉ははっと我《われ》に返った。

「眠っていましたか」

「いや……」

戻ってきた上杉が聞いてくるのに答えながら、身を起こす。

同時に、漂《ただよ》ってきた食欲をそそる匂いに気づいた。

「……何？」

「差し入れですよ。何も食べてないと聞きましたのでね。この時間だとさすがに厨房《ちゆうぼう》にも誰もいないので、外で買ってきたものを温め直しただけですが」

「……カツ丼……」

上杉が白いビニールの袋から取り出したものを見て、玉芙蓉は思わず呟いた。

コンビニで買ってきたと思われる、カツ丼弁当だった。

「こういうときはカツ丼でしょう？」

その言葉に噴《ふ》き出してしまう。娑婆にいた頃に見た刑事物のドラマなどでは、留置場で取ってもらう出前は必ずカツ丼と決まっていた。それをふまえての科白なのだろうが、上杉にそんな冗談が言えるなんて思わなかった。

ずっと嫌な奴だと思っていた上杉に、玉芙蓉は初めて小さな親しみを覚えた。

(そういえば……こんなものでさえ奢《おご》ってもらったこと、なかったな)

これまでの間夫たちには、だ。

最初は普通の客だった男でも、玉芙蓉が身揚がりするようになった途端、どんどん図々しくなって。何一つ自分で払おうとせず、手土産《てみやげ》の一つもくれなくなって。

上杉は、思っていたほど嫌な男じゃないのかもしれないと思う。でも、そんなことを口にしたら、なんと返してくるかはだいたい予想がついた。

――カツ丼でほだされるのですか。安い傾城もいたものですね
想像して、玉芙蓉は小さく笑った。

「どうしました？」

「いや、別に」

「まあ、ちょっとは元気が出てきたのならいいことです。……食べたら少し厳《きび》しい話をしなければなりませんからね」

もしかして、上杉は沈んでいた自分を心配していてくれたのだろうか。

（まさか、そういうんじゃないだろうけど）

それでも気持ちが浮き上がるのを感じる。

だが、今彼が口にした「厳しい話」とは何だろう？

（説教か何か……？）

玉芙蓉には見当《けんとう》がつかなかった。

上杉は向かいの椅子に座ると、袋から同じ弁当をもう一つ取り出した。

「……あんたも食うのかよ」

「いけませんか」

「そういうわけじゃないけど。……あんたが買ってきたんだし」

一人で食べるよりは、こんな男でもいたほうがましだと思う。でも、そのことは口には出さずに。

（こいつと差し向かいで朝食をとることがあるなんて、考えたこともなかったけど）

不思議な気持ちだった。

蓋《ふた》を開け、割り箸《ばし》を割って食べはじめる。

一口嚙みしめた途端、濃い味つけが口の中に広がった。玉芙蓉は弁当に視線を落としたままで、思わず呟いた。

「……懐かしいな」

上杉が顔を上げる気配がする。

「コンビニ弁当。母親が出てってからは飯《めし》作ってくれる人もいなかったし、昔よく食ってたんだ。金はなかったけど、同級生に家がコンビニやってる奴がいて、よく……」

そこまで喋《しゃべ》って、玉芙蓉は口を噤《つぐ》んだ。こんな話を、この男にするつもりなどなかったのに。

けれど上杉は会話を続けてくる。

「弁当を回してくれる男がいたというわけですか」

「――まあね」

昔のことなどこれ以上思い出してもろくなことはない予感を覚えながら、玉芙蓉は殊更《ことさら》に明るく答えようとした。

「先を争って貢いでくれる奴らなら、他にもいたんだぜ。昔から男にもてたんだよな、俺って」

「その頃は、悪い男に引っかかって貢がされたりはしていなかったんですか」

上杉はさらりと揶揄《やゆ》してくる。

「してねーよ。貢ぐ金もなかったし」

玉芙蓉は憮然と答えた。

「……でも……考えたら父親が悪い男だったのかも」

「お父さんが？」

ふと口にした言葉に問い返され、はっとした。

「別になんでも……。そんな話はいいんだよ。ただひさしぶりに食べるとコンビニ弁当も美味《うま》いってことで……」

客観的に見れば、見世お抱えの一流料理人の料理などとは、くらべものにならない味だったろうけれども。

「……。そうですね」

上杉は物言いたげな顔をしながら、それ以上追及してこなかった。玉芙蓉はそのことにほっとした。

「私もひさしぶりですよ。学生の頃はたまに食べていたんですが。苦学生でしたから、カツ丼ならご馳走《ちそう》でしたね」

「へえ……」

上杉が進んで自分のことを語るとは思いもしていなくて、玉芙蓉は驚いた。

「じゃあ悪いときは？」

「パンの耳を齧《かじ》って過ごしたこともありました」

上杉にとっては、たいした意味もなく話の流れで語ったことなのだろう。けれど知らなかった彼の過去に、玉芙蓉は大きく興味をそそられていた。

「自炊《じすい》とかは？」

「ラーメンくらいなら」

「それは自炊じゃねーよ。まあ、俺もそれくらいしかつくれなかったけど」

そんな話は、玉芙蓉にとってはひどく意外なものだった。

「……いい家の生まれなのかと思ってた」

きちんとしたスーツの着こなしや、どことなく漂う上品さのせいなのだろうか。ずっとそう思い込んでいた。

今日はこの男の知らなかった面に、けっこうふれているような気がする。

「母方はそう悪い家柄ではなかったそうですよ。家も最初はそれなりに豊かでしたが、父が亡くなってからはね」

「そうか……」

(うちと同じようなものか)

玉芙蓉は、この男に初めて抱いた親しみのようなものが、俄《にわか》に強まるのを感じた。

玉芙蓉の家は特に家柄がいいわけではなかったが、子供の頃は一家は何不自由のない暮らしをしていたのだ。それなのに、あるときから家業が傾《かたむ》いて。

また蘇りそうになる昔の記憶を、玉芙蓉は振り払った。

「じゃあ、今は？　毎日外食ってわけじゃないんだろ。つくってくれる人がいるとか？」

くすりと上杉は笑った。

「……まあね」

「いるんだ」

「いてはいけませんか？」

「い……いけなくねぇよ」

特に深い意味があって口にした言葉ではないつもりだった。けれどなんとなく面白くない気持ちになる。

（まあ……当然いるだろうとは思ってたけど）

この理知的に整った容姿にくわえ、弁護士という社会的に認められた地位にある男を、娑婆の女たちが放っておくわけはなかった。

（性格はともかく）

「で、どんな女なんだよ？」

「料理が上手でやさしい人です。家庭的で、気遣《きづか》いが細《こま》やかで、私には勿体《もったい》ないような女性ですよ」

上杉はその女のことを優しい口調で語る。

「へーえ。ずいぶん気に入ってるんだ。結婚とかするわけ？」

「さあ、どうでしょうね」

上杉はくすりと笑う。玉芙蓉は何故だかますます面白くない気持ちになった。

憮然と黙り込むと、やがて会話が途切《とぎ》れる。

「雑談はこれくらいにして……本題に入りましょうか」

ちょうど弁当も食べ終わっていた。空《あ》いた容器を片づけながら、上杉はそう言った。

「疲れているようなら明日にしてもかまいませんが？」

その視線には、めずらしく労《いたわ》りの色が見える気がする。そんなにも悪い話なのだろうか？

「……別にいい」

どうせいつかは聞かなければならない話なら、先延ばしにしても仕方がない。踏んだり蹴ったりの今だからこそ、毒食らわば皿までだと思う。

「で、何だって？」

上杉はそのまま執務机についた。

そして抽斗から書類を取り出すと、口を切った。

「あの男が、あなたを傷害で告訴すると言ってきましたよ」

「な……っ」

上杉の言葉に、玉芙蓉は絶句した。瞬間的に頭が沸騰《ふっとう》しそうになる。いくらなんでも予想していなかったことだった。

「どういうことだよ、それ……！」

「あの男を殴ったでしょう？」

「だってそれはあいつが」

「頭を三針縫《ぬ》ったそうですよ。目撃者は大勢いますし、事情が事情とはいえ、裁判となれば有罪になるでしょうね」

「……」

呆然とするあまり、声も出なかった。

人の部屋から勝手に金を持ち出したり、さんざん貢がせたあげく他の妓に乗り換えたりしたこともひどいが、それらをすべて棚に上げて、逆に玉芙蓉のことを訴えてくるとはいったい何ごとなのだろう。

「それが嫌なら」

上杉は続けた。

「示談《じだん》にしてやるから治療費と慰謝料《いしゃりょう》をよこすように、とのことです」

またしても金だった。

(ろくでなしなところがあるとは思ってたけど)

ここまでひどかったのかと思うと、今さらながら愕然《がくぜん》とする。欠片《かけら》も愛されていなかったことにも、そんな男に惚《ほ》れて貢いでいた自分自身にも呆《あき》れずにはいられなかった。

言葉もない玉芙蓉を、上杉は見つめている。さすがに憐《あわ》れに思うのか、上杉の瞳にもたしかに同情の色が宿っている気がした。

「どうします？　示談にしますか？　裁判になるのを待ちますか。見世の意向《いこう》は、これ以上みっともない真似を晒《さら》すな。示談にしろとのことですが」

「……って、他に手はないのかよ!?」

この期《ご》に及《およ》んで更にあの男に金を払うのは、盗人《ぬすっと》に追銭《おいせん》だと思う。

「この私に動けと？」

「！」

上杉は不可能だとは言わなかった。

「私は高価ですよ」

「なんとかできるんならしろよ!!　あんた顧問弁護士だろう……！」

「ええ。あなたのではなく、この見世のね」

相変わらずの分別顔《ふんべつがお》で、上杉は言った。

「この見世のって……」

だから娼妓の個人的な問題には動く義務はないとでも言うつもりだろうか。

「言ったでしょう。見世の意向は示談ですから」

「この役立たず……！　俺がこの見世に今までいくら儲《もう》けさせてきたと思ってんだよ!?　こういうときぐらい見世で面倒見てくれたらどうなんだよ!!」

玉芙蓉は机を叩いた。けれど上杉は少しも動じることなくため息をつく。

「普通の事件ならそうでしょうね。しかしこの件は、身から出た錆《さび》とも言えるものですから……。表向きは客とはいえ、あの男は実質あなたの間夫でしょう。見世としては手を切るように、再三忠告してきたはずですよ。それにこれまで売れっ妓だったとはいえ、あなたがここで働けるのはあと一年ほど……」

「年季明け間近《まぢか》の色子に、今さら手をかけてやってもしようがないってことかよ」

「そういうことです」

「――……」

(今まで儲けさせてやった恩も忘れて……！)

なんて薄情《はくじょう》なのかと思う。

「あなたが個人的に私に依頼《いらい》するということなら動きますが」

「誰が……!!」

反射的に玉芙蓉は叫んだ。上杉のしたり顔にも腹が立ってならなかった。この男に頭を下げて頼み込むなんて、冗談じゃなかった。

それにもし依頼したりしたら、この男はどれほどの大金を要求してくるか知れなかった。高額の報酬を払う金が、玉芙蓉にはない。示談にしても金はかかるが、依頼しても成功するとは限らない。失敗して二重に持ち出しになる可能性だってあるのだ。見世は必要な金を前貸ししてくれるかもしれないが、これ以上借金を増やしたら更に苦しくなるばかりなのはわかりきっていた。

(……これが他の男なら)

このからだで籠絡《ろうらく》して、好きなように操《あやつ》ることもできるだろう。けれどこの男には、それが効かないこともうわかっていた。

る。

「ではどうします？」

極《きわ》めて事務的な口調で上杉は聞いてくる。玉芙蓉は両手をぎゅっと握り締める。綺麗に伸ばした爪がやわらかいてのひらを傷つける。

「そんなの……」

玉芙蓉は思いきり強く顔を背《そむ》けた。

「――示談にすればいいんだろ……！」

上杉はわずかに驚いたように眉を上げた。

鉄面皮《てつめんぴ》が崩れる瞬間を目の端《はし》にちらりと捉《とら》え、玉芙蓉は驚く。けれどそれは見間違いかと思うほど一瞬のことだった。上杉は揶揄するように唇で笑った。

「ほう……？」

「……別にもういい。俺にも落ち度はあったんだし……」

あんな男に引っかかった自分が馬鹿だったのだ。あの男がどういう男か薄々悟《うすうすさと》っていながら目の前で金の出し入れをしたことも不用心だったし、女がいることも最初から察していたにもかかわらず、激昂《げっこう》して人前で殴《なぐ》ったのも思慮《しりょ》が足りなかった。悔しくても授業料だと思って、二度と同じことを繰り返さないようにするしか。

（……でも……前の男のときもそう思ったんだっけ……たしか）

金を盗まれることはなかったものの、やはり散々《さんざん》貢がされて、捨てられて。愛されていなかったことを思い知らされた。

(どうして俺は)

ろくでなしの間夫のことよりも何よりも、自分自身が不思議で、腹が立ってならなかった。遅かれ早かれ、いつかはこうなることはわかっていたような気がするのに。

「本当にいいんですか？　金だって盗まれたんでしょう？　それなのに一矢《いっし》も報《むく》いず、それどころか追銭まで与えても」

「いいって言ってるだろ……‼」

玉芙蓉は怒鳴り、その途端ひどい疲れを感じて長椅子に沈み込んだ。肘掛けに肘を突き、頭を抱えてしまう。

頭上から小さなため息が聞こえてきた。

「私に頼むくらいなら、男を放免《ほうめん》しますか……」

「……」

「まだ好きなんですか？」

上杉は問いかけてくる。

「違う」

「そうは思えませんね」

上杉は納得できないようだった。

「この前も同じことを聞きましたけれどね。あなたはどうしてそんな男ばかり好きになるんですか？　自分のしていることが、どんなに馬鹿なことかわからないほど頭の悪い人間だとも思えないのですがね」

「……それ、誉《ほ》めてんの？　貶《けな》してんの？」

「聞いているんですよ。ここへ来る前はそうじゃなかったんでしょう？　それがどうして」

「どうして……？」

玉芙蓉は鸚鵡《おうむ》返しにした。言われてみればたしかに、娑婆にいた頃はこんなふうではなかったのだ。

それがどうして？　いつから……？

記憶をたどろうとした途端、ふいに怖くなって玉芙蓉は首を振った。

「そんなこと知るかよ……！」

「思い出したくないんですか？」

「え……？」

上杉は何か知っているのだろうか。けれど彼はそれ以上追及してこなかった。再び少し怒ったようにため息をついた。

「ともかくこれに懲《こ》りたら、これからはもう少しはましな男とつきあうようにしたらいかがです？」

（簡単に言ってくれる）

そんなことは、玉芙蓉自身いつも考えていることなのだ。なのにどうしてこうなってしまうのか、自分でもよくわからなかった。もっとまともな男と——女だってかまわない。自分から奪うことを考えない、ちゃんと愛してくれる誰かと、真面目《まじめ》につきあえたらいいのに。

そこへたどり着けない自分が、ほとほと嫌になる。

「——ましな男ってどんな」

玉芙蓉は問い返しながらゆっくりと立ち上がった。机に腰を乗り上げて座り、これみよがしに脚を組み換える。

そして自棄《やけ》のように挑発的に上杉を見下ろした。

「たとえばあんたとか？」

「——そうですね」

答えには一瞬、間があった。

「だいぶましだと思いますよ」

「じゃあ、あんたやってみる？」

こんなふうに仕掛けたって、上杉が乗ってくるわけはない。今までだってそうだったの

だ。それでも頬に手を伸ばす。

「慰《なぐさ》めて」

この男は拒《こば》むと思う。そしてまたもっと傷ついて……それならそれもいいような捨《す》て鉢《ばち》な気持ちで。

けれどその誘惑の手を、上杉はふいに摑んだ。

「いいですよ」

「え……？」

そのまま引き寄せ、甲《こう》にくちづけてくる。玉芙蓉は、何が起こっているのか理解できなかった。できないままに、机の上に押し倒されていた。

「ちょっ……」

「慰めて欲しいのでしょう」

「でも……っ、あんた、今まで一度だって」

誘いに乗ってはこなかった男なのだ。彼をその気にさせることができたら、どんなに溜《りゅう》飲《いん》が下がるだろうとさえ思っていた。それが何故、こんどに限って応えてくるのだろう？

わからなかった。信じられなかった。

「同情かよっ……？」

「さあ……どう思いますか？」

上杉は微かに笑った。

（あ……）

その表情がめずらしくて、玉芙蓉はつい目を奪われてしまう。皮肉な笑みならともかく、上杉がこんなふうに優しく笑うのは、とてもめずらしいことだった。

（こんな顔もできるんだ……）

玉芙蓉は男の顔をただ見つめ続ける。

「……やめますか？」

上杉は問いかけてくる。

玉芙蓉は自ら腕を伸ばし、両手で上杉の頬を挟み込む。

そして唇を奪った。


「うん……っ」

舌が擦《こす》れるたび、ぞくぞくと背筋《せすじ》が震える。深く深く溶けあおうとするかのようなそれは、予想していたよりもずっと濃厚な接吻《せっぷん》だった。

（もっと堅物《かたぶつ》かと思ってた……）

いつだって隙《すき》もなくスーツを身に纏《まと》い、欲望なんてないような禁欲的な顔をしているくせに。

「ん、……」

唇が離れ、視線が絡《から》む。玉芙蓉は手を伸ばし、上杉のネクタイを外そうとした。その手を上杉がやんわりと押さえる。

「何もしなくていいですよ、今日は。たっぷりと可愛がってさしあげましょう」

上杉はネクタイの結び目に自分で指を入れ、引き抜いた。

「何、偉そうに……っ」

悪態《あくたい》をつく玉芙蓉の濡《ぬ》れた下唇を舐《な》め、目を合わせて軽く笑う。上杉の口づけは顎をたどり、喉《のど》へ降りていった。てのひらが仕掛けの内側へすべり、はだけさせる。

「綺麗な肌をしていますね。さすがにこの見世でお職を張り通しているだけのことはある」

「……っあ……」

乳首に指で触れられ、玉芙蓉は小さく声を漏《も》らした。

「ここも……紅《あか》く尖《とが》って可愛らしいですよ」

「あ……そこ、もっと」

玉芙蓉がそう口にしたとき、ふいに上杉は手を止めた。

怪訝《けげん》に思い、伏《ふ》せていた瞼をあければ、やわらかい声で彼は言った。

「演技も、しなくていいですよ」

「え……？」

指摘され、玉芙蓉は一瞬狼狽《うろた》える。

「な……何言って……なんでわかるんだよ、そんなこと」

「さあ……？　それだけよく見ているからとでも」

「――……」

玉芙蓉は思わず目を見開く。勿論、そんな科白は戯《ざ》れ言《ごと》にすぎないとわかっているけれども。なのに、心臓がどきりと音を立てる。

「私は客ではないのですから、感じなければそう言えばいい」

（感じなくても、いい……？）

その言葉は、ひどく新鮮に響いた。

感じなくても感じているふりをすることは、色子になって真っ先に学んだことだと言ってもよかったからだ。

それから十年近い年月が過ぎて、演技というより、何かされれば反応を示すことが身に深く染みついてしまっていた。

（けど、そんなことは別にどっちだっていいし）

派手に悦《よろこ》んでみせたほうが男は――客だって間夫だって悦ぶ。だったら、感じていようがどうだろうが、こっちがすることは変わらない。

（この男だって、こんなこと言ってても……）

「いいのかよ、はっきり言っても。マグロだったらつまんねーくせに」

「そうでもないかもしれませんよ。めずらしくて、けっこう興味深いかもしれない。反応の乏《とぼ》しい相手と寝た経験は、これまでありませんでしたからね」

「言ってくれるじゃねえの」

相手が娼妓のように演技していたという可能性もあるだろう。けれど上杉の科白はむしろ、それだけ上手だからという含みを持って聞こえた。

その言いぐさに何故だか苛立つ。だったら、反応しない相手の第一号になってやろうかと思う。

上杉は再び玉芙蓉のからだに視線を落とした。

乳首の片方を長い指先で転がしながら、もう片方に唇をつけてくる。軽く歯で挟み、ねっとりと舐《ねぶ》る。

びく、と思わず身を震わせながら、玉芙蓉は平静を保《たも》とうとした。

「……っ……」

（いやらしい……）

想像していたのより、よほど淫《みだ》らな感じのする舐めかただった。

温かくぬめる舌を押し当てられると、そのざらつきまで感じとれるような気がする。腰の奥の深いところまで、それが伝わってくる。

「……ふ……ぅっ……」

つい声が漏れそうになり、玉芙蓉ははっと唇を嚙んだ。自分でも信じられないような自分の反応だった。

(別に感じてるわけじゃ……)

習慣のようなものだと思おうとする。

「……早く来て欲しいですか……？」

「え……？」

「それとも、これは癖《くせ》ですか」

太腿をてのひらで撫でられ、玉芙蓉は初めて自分が誘い込むように膝を立て、内腿を男の腰に擦りつけていたことに気づいた。

「あ……」

客を誘い、早く終わらせるための手管《てくだ》のひとつだった。それが長い年月のうちにからだに染みつき、習性のようになっているのだった。

そんなことを説明するのも何故だか嫌で、かといって、ろくに触られてもいないうちから挿入《そうにゅう》を希《のぞ》むほど感じていたのだと思われるのも悔しかった。だって、反応しないつもりだったのに。

（畜生、どうして……）

相手が客なら、他愛《たわい》もなく騙《だま》されていることに優越感さえ覚え、軽く溜飲が下がる気がするほどなのに。

「……あんたがとろいからだよ。さっさと嵌《は》めればいいだろ」

「なるほど」

上杉は苦笑のようなものを浮かべた。

「でも今日は、そう簡単に終わらせてあげるつもりはありませんよ。誘ったのはあなたですから、覚悟してください」

「嬲《なぶ》るつもりかよ……？」

「嬲る？　可愛がるんですよ。そう言ったでしょう？」

「ものは言いようだよな」

同じことじゃないかと玉芙蓉は思うけれども。

「ひどい言われようですね」

上杉は喉で笑い、再び胸に唇を落としてくる。

「あうっ……！」

硬く凝《しこ》ったそれに歯を立てられ、吸い上げられると、喘《あえ》ぎが唇を吐《つ》いて出た。

揶揄ってくるかと思った上杉は、何も言わない。ただ更に続けてそこを嬲ってくるばかりだった。交互に尖りを吸われ、指先でそっと転がされ、ときに強く摘《つま》まれる。

「……ぁ……っ」

そのたびにびくびくとからだが震えた。乳首を責められたことなど数え切れないほどあるのに、いつになく悦《よ》くてたまらなかった。

行為のとき、感じなかったことならいくらでもある。けれど感じたときの反応を殺そうとしたことはなかった。そのせいで却《かえ》って敏感《びんかん》になっているのだろうか？

「……もう……っ」

玉芙蓉は男の肩を摑み、押しのけようとした。

「どうしました……？」

「もう、いいっ……」

「ここはお嫌いですか？」

「あっ……！」

尖りを軽く弾《はじ》かれ、玉芙蓉はつい声をあげてしまう。

「じゃあどこがいいんです？　お望みのままにしてあげますよ？」

「か……感じなくてもいいんじゃなかったのかよ？　だったら、なんでそんなにしつっこく弄るんだよ!?」

「無理をしなくていいと言っただけですよ」

まだ少し喘ぎながら抗議する玉芙蓉に、上杉は言った。

「仕事でもない男と寝て、気持ちよくなかったらつまらないでしょうが」

たしかに、それは上杉の言うとおりではあった。花代を払ってくれるわけでもない男と寝て、快楽さえも得られなかったら、いったい何の得があるだろう？

（というか……）

そもそも何故上杉と寝ようと思ったのかさえ、考えてみればはっきりとはわからないのだ。

いつも涼《すず》しい顔をしたこの男を、もうずっと前から崩してみたくてたまらなかったのはたしかなのだけれど。

上杉はようやく乳首から唇を離した。かと思うと玉芙蓉の腕を軽く広げさせ、内側のやわらかいところを吸ってくる。舐めては軽く噛み、脇《わき》へと降りていく。

「……っ……」

こんなまだるっこしいことをいつまで続けるつもりなのかと思う。

精力の衰《おとろ》えた自らを奮い立たせるために執拗《しつよう》に色子のからだを嬲る男は客の中にもいるが、上杉のはそれともどこか違うようで落ち着かなかった。

そう……嬲るというより、もっと優しい——大切に扱われているような気がする。ただの戯れ言ではなくて、本当に可愛がられているような。

「……可愛い」

と、脇腹に口づけながら、上杉は囁いてくる。

「……るさい」

「可愛いですよ」

耳慣れない言葉に、ひどく心が掻き乱された。美しい、色っぽい、という誉め言葉は飽きるほど聞いたが、可愛いと言われたことが今まであっただろうか？

「こうするとびくびく跳《は》ねて」

「あぁ……！」

腰骨のあたりを咬《か》まれて、玉芙蓉は思わずからだを撓《しな》らせた。磨《みが》かれた鏡のような机の上に長い髪が広がり、仕掛けの袖が流れていく。

ただ肌の表面にふれられているだけで、どうしてこんなにも反応せずにはいられないのかと思う。

上杉は玉芙蓉の膝に手をかけ、両脚を大きく開かせた。

「やぁ……っ」

「ああ……もうこんなに濡らしていたんですね」

その科白に、玉芙蓉はかっと全身が火照《ほて》るのを感じた。

直接ふれられもせずに、こんなふうになるなんて。

慣れた行為のはずなのに、何故だか勝手が違う。いつもなら濡れないのをごまかすために、見世で用意しているふのりをわざわざ隠れて塗《ぬ》りつけているほどなのだ。客は勿論、間夫に対してさえもだ。

(畜生、……)

そんなふうに勝手にぐちょぐちょになってしまった淫らな秘所《ひしょ》を、この男に注視されているのかと思うとたまらなかった。

「見んなっ、ばか……っ」

「見られていると感じるんでしょう？　こうしているうちにも先から溢《あふ》れて、後ろの小さな孔《あな》のほうまで……」

「……黙れよっ……！」

「我《わ》が儘《まま》ですね」

「な……っ」

上杉はくすりと笑った。そして膝の裏に手をあてて深く折り曲げ、頭を沈めてくる。

(あ、来る……！)

そう思うだけで、全身がしびれたようになる。

けれど上杉の唇は、待ちかねて撓りきった中心ではなく、その場所のすぐ傍《そば》、脚の付け根へと降りてきたのだった。

「や、そこ……！」

玉芙蓉は思わず抗議する。身を捩《よじ》った弾《はず》みに机上の電話や筆立《ふでた》てが、音を立てて床に落ちた。

上杉はかまわず鼠蹊部《そけいぶ》を舐り、吸い上げて、歯を立てる。

「いや、そこ、そこじゃな……っあああ……！」

皮膚を強く咬まれた瞬間、ぞくぞくっと震えが背筋を駆け上る。玉芙蓉は思いきり身を仰《の》け反《ぞ》らせ、頂《いただき》を極めていた。

半《なか》ば呆然としたまま、ぐったりと身を投げる。荒くなった息が治まらなかった。

「意外に早かったですね」

言いながら、上杉は顔を上げた。

その眼鏡を汚す白濁《はくだく》を見た瞬間、玉芙蓉はかあっと顔が赤らむのを感じた。投げつけてやるはずだった悪態が、咄嗟に出てこなくなる。

「可愛いですよ」

「な……」

上杉は眼鏡を外し、これみよがしに白濁を舐めとると、胸ポケットへ畳《たた》んで仕舞《しま》った。

「へ……変た……っ、あ……」

あまりにいやらしいしぐさに今度こそ言いかけた言葉を、玉芙蓉は思わず飲み込んだ。初めて見る、上杉の素顔だった。硬質なイメージの眼鏡がなくなると、ぐっと優しく見える気がする。

「こっちも綺麗にしてあげましょうね……？」

上杉はそう囁くと、また下腹へと唇を落としてきた。

「あ……っ」

腹へ飛び散った白濁を舌で拭《ぬぐ》っていく。次第に中心に近づいていく頃には、達したばかりにもかかわらず、玉芙蓉のそれは再び張りつめ、雫《しずく》を零《こぼ》していた。

どうしてこんなに……と思う。自分で自分の反応が信じられなかった。

やがて上杉の唇が、そこへたどり着いた。

「あああ……っ」

待ちかねた場所をくわえられた瞬間、全身に電流が走った。目の前が真っ白になり、今にも吐精《とせい》してしまいそうになる。

「よく我慢しましたね……？」

どうにかやり過ごせば、上杉は揶揄うようにそう囁いてきた。

そんなに簡単に、何度も達《い》かされてたまるか、と玉芙蓉は思う。

上杉はそれに手を添え、ぬめりを清めるように丁寧《ていねい》に舌を這《は》わせてきた。茎《くき》を繰り返しねっとりと舐め上げる。

「ぁ……はっ……」

気を抜けば達しそうになるのを、玉芙蓉は堪《こら》えようとした。

後ろの窄《すぼ》まりに、上杉は指をあてがってくる。

「……っ」

ひくり、とそこが収縮したのが自分でもわかった。

「挿《い》れますよ……?」

「あ……っ!」

先刻吐き出したものや先走りで濡れた襞《ひだ》の中へ、上杉の指先が潜《もぐ》り込んでくる。広げられ、中の粘膜を擦られる快感に、玉芙蓉は思わず腰を浮かせた。

「ああ……待ってくれていたみたいですね。凄《すご》く熱くなって……しかもやわらかい」

「よ……よけいなこと……っ」

「ほら、すぐに奥まで入っていく」

「あぁぁ……っ」

埋め込まれる感触に、嬌声《きょうせい》が漏れた。内襞《うちひだ》が悦《よろこ》んで締《し》めつける。その中で、上杉はゆっくりと長い指を動かしはじめた。

「はあぅ……っ」

「気持ちいいですか……？」

「……ぁ、い……っ」

悦《い》い、となかば無意識に口にしかけた言葉を、玉芙蓉は飲み込んだ。

上杉は深く指を挿《さ》し入れたまま、再び茎の部分をしゃぶりはじめる。

「……っあぁ……っ」

前と後ろの両方から押し寄せる刺激に、すぐにでも昇りつめてしまいそうだった。玉芙蓉は突き上げるその衝動《しょうどう》に必死で耐えた。

「あ、あ、……そこ」

体内の一番感じるところを探りあてられ、つい口走る。

「ここですか……？」

「そこ、だめ、だ……っ」

「どうして？」

言いながら、上杉は何度もそこを擦る。そのたびに玉芙蓉はびくびくと震えた。どうしようもなく溢れる先走りを、上杉の舌が拭っていく。

「気持ちいいんでしょう？　……こんなになって」

「るさ……っ」

抗議さえ喘ぎの中に埋もれそうだった。

「素直に悦くなっていいですよ。何度でも達かせてさしあげましょう」

自分ばかり達かされるのなんて、冗談じゃなかった。弄りまわされる一方なのも気に入らなかった。けれど上杉は囁いてくる。

「私にゆだねて……気持ちよくなっていればいい」

「ああ……！」

指を増やして深く抉《えぐ》られる。またとろりと先端が濡れてしまう。それを唇に啜《すす》りとられて。

縋《すが》るものを求めて手が机の上を這う。触れた紙を握り締める。

「あ……あ……もうっ……イク……っ」

その途端、強く吸い上げられ、どくりと弾けた。玉芙蓉は昇りつめ、上杉の口内《こうない》に吐精する。上杉が音を立ててそれを飲み込んだ。

「はあ……あ……」

余韻《よいん》に喘ぎが治まらない。

手の甲で唇を拭いながら、上杉が顔を上げた。

「あ……」

いつもは取り澄《す》ましたような顔が、妙に艶《つや》めいて見えた。見ているだけで苦しいほどからだが熱くなる。達したばかりだというのに、腰の奥の疼《うず》きは少しも楽になってはいなかった。

「はや……く……っ」

両脚でしっかりと、男の腰を搦《から》めとる。

「もう……っ」

上杉が覆《おお》い被《かぶ》さってくる。昂《たか》ぶりが後孔《こうこう》にふれ、その熱さにいっそうぞくぞくした。上杉もまた自分のからだに欲望を猛《たけ》らせているのだと思うと。

狭い窄《すぼ》まりをくぐり抜け、先端がとろけきった体内に入り込んでくる。

「あ、あ――……っ」

からだを気遣うようにゆっくりと身を進めてくるのがじれったくてたまらない。玉芙蓉は彼の腰にまわした脚を交差させ、ぎゅっと締めつけた。

上で男が小さく息を詰める。

「……っ、悪い子だ。人がせっかく……」

「早く……っ、いいから」

「知りませんよ」

一気に奥まで貫《つらぬ》いてくる。

「……あぁぁ……っ！」

一番奥まで届いた瞬間、男のものを強く食い締め、玉芙蓉はまた白濁を吐き出していた。

同時に上杉が息を詰める。

「……っ……」

(挿れられただけで……)

玉芙蓉は呆然とした。これまで抱かれてきた客の中にも間夫の中にも、上手《うま》い男などいくらでもいた。それでもこんなことは一度もなかったのに。

(何回イッてるんだ……俺は)

傾城とは思えない醜態《しゅうたい》に眩暈《めまい》がするほどだった。しかもそれでもからだの疼きは治まってはくれずに、深く埋まったままの男を食い締めずにはいられない。

「……持ってかれるかと思った……」

上杉は吐息をつき、少しばつが悪そうな顔をした。

その表情に、胸が高鳴る。

「いいから……もっと」

玉芙蓉は上杉の背に腕を伸ばし、ぎゅっと抱き締めた。重なってきた唇に自ら舌を忍ばせる。

「ん――……」

深く舌を絡めながら、上杉はゆっくりと玉芙蓉の中で動きはじめた。

乱れた長い髪と、脱げかけた仕掛けがからだに纏《まと》わりつく。

玉芙蓉は半ば微睡《まどろ》みながら、しどけなく机上《きじょう》に横たわっていた。その頬に、温かく湿《しめ》った感触がふれる。

薄く目を開ければ、上杉が絞《しぼ》ったタオルで汗を拭ってくれていた。

行為の途中からは外していた眼鏡をかけ直し、服を直して、先刻まであんなにも淫らな行為に耽《ふけ》っていたとはとても思えないストイックな姿に戻っていた。

（なんかむかつく……）

何故だかとても気に入らない。けれどからだを清めてくれる感触は心地よくて、うっとりと身を委《まか》せてしまう。終わったあとに、こんなふうに相手に世話を焼かれるのは、もしかしたら初めてのような気がする。

（気持ちいい）

意外にもからだのほうも悦くて、玉芙蓉は驚いていた。きっと堅物だとばかり思っていたのに、結局されるばかりで悔しいくらいだった。

――可愛がって差し上げましょう

上杉の科白を思い出し、偉そうにと思いながらも、頬が火照るのを止められない。

下腹からその奥まで、丁寧に拭われる。そこの感触から、上杉は中に出したわけではなく、防具を使っていたらしいことを感じとる。

（いつのまに……）

色子にさえそれを気づかせないというのは、どれだけ手慣れているのかと思う。

「大丈夫ですか……？」

問いかけてくる上杉に、玉芙蓉は渋面《じゅうめん》をつくった。

「……どうしてくれるんだよ。今夜も仕事なのに動けねえ」

「そうでしょうね」

上杉はくすりと笑った。

それだけ濃密な行為をしたのだとあっさりと認められ、玉芙蓉は呆れて言葉も出てこなくなる。

「私だけのせいではないと思いますが」

「俺のせいだって言うのかよ？」

「共犯だと言っているだけですよ」

「共犯……」

運命共同体の響きを持ったその科白は、どこかわくわくするような新鮮な驚きを、玉芙蓉の胸にもたらす。

「からだが辛《つら》ければ、今日は見世を休めばいい」

「冗談」

玉芙蓉は机の上で身を起こした。

「また借金が増えるじゃねーか」

廓では、色子が勝手に見世を休むことはゆるされない。どうしても休みたければ、自分で自分の花代を払って休まなければならないことになっていた。

ただでさえ懐《ふところ》が苦しいのに、これ以上無駄金を使うわけにはいかない。

「そうならないようにしておいてあげますよ。休めて、しかも借金が増えないように、共犯者としての責任をとってね」

「そんな手があるのか？」

見世の顧問弁護士として、何か手を講じてくれるということだろうか。

「まあ……ありますよ」

人の悪い笑みを浮かべて、上杉は答える。玉芙蓉も唇で笑った。

「さすが悪徳弁護士様の頼りになること」

「人聞きの悪い。ごくまっとうな手段を講《こう》じるだけですよ」

言いながら、上杉は玉芙蓉の着物を直してくれる。

「帯は自分で結べますか？」

「無理。誰か呼んで」

「見世に知れますよ」

こんな姿で、見世の誰かに会ったりしたら。

「やばいよな――あんた、商品に手を出ぇ出したってことになるし」

「そうですね。顧問弁護士を首になるかもしれませんね」

やばいなどとはあまり思っていなさそうな顔で、上杉はさらりと流す。何があっても動じない男だと思う。悔しいくらいに。

「お立ちなさい。結んであげましょう」

「……できるのか？」

少なからず驚いた。

「母がよく和服を着ていたのでね。正式な結び方は無理ですが、そのままで部屋に帰るよりはましでしょう」

「ふん」

仕掛けの前を掻き合わせ、玉芙蓉は机の上から降りた。腰に力が入らず、よろめくからだを上杉が支える。

そして帯を結んでくれた。

その手際《てぎわ》の良さにもまた、玉芙蓉は驚かされた。傾城の決まった結び方とは違うが、この時間では見世の誰かに見咎《みとが》められることもないだろう。

「歩けますか？」

「あたりまえだろ。俺を誰だと思ってんだよ？」

何でもないように上杉の心遣《こころづか》いを一蹴《いっしゅう》する。そして部屋を出て行きかけて、ふと足を止めた。

上杉を見上げ、掬《すく》い上げるように唇を盗む。

軽く啄《ついば》んで見上げれば、上杉は目を軽く見開いていた。取り澄ました顔を崩せたと思うと、玉芙蓉は上機嫌になる。

「けっこうよかったよ。またやろうぜ」

言い残し、玉芙蓉は上杉の脇を抜けて部屋をあとにした。

【3】

（ったく、何が頼りになるんだか）

執務室のソファでごろごろと本を広げながら、玉芙蓉《たまふよう》は書類に向かう上杉《うえすぎ》の白い顔を盗み見る。

（たしかにあの日は客をとらなくて済んだけど）

そのかわりに鷹村《たかむら》にまた嫌というほど絞られたのだ。

——花降楼《はなふりろう》でお職《しょく》を張る傾城《けいせい》ともあろう者が、往来《おうらい》でお客様を殴るとは何ごとですか
……!!　おかげで見世の評判は台無しです！

そのうえ座敷牢《ざしきろう》に放り込まれ、しばらく反省するように言われた。

しかしこれはまだ彼の中では軽い処罰であるらしい。

——今度やったら折檻《せっかん》ですからね
（ま、身揚がりにならなかったのは助かったけどさ）

座敷牢に入れられようが何だろうが、見世を休めばそのぶんの花代は色子が自分で持た

されるのが普通だった。どんな手を使ったのか、上杉がそれを払わずに済むようにしてくれたこと自体は感謝しているけれども。

——あのあとまたお客をとるよりは、ゆっくり休めてよかったでしょう?

と言われればその通りだし、上杉の差し金《がね》なのかどうか、毛布を差しいれてもらえて、牢の中であるにもかかわらず温かく眠れたけれども……。

ともかくあの日以来、上杉が花降楼に来るたびに、玉芙蓉がこの執務室を訪れ、密かに情を交わす——からだだけの関係が続いていた。

別に来いと言われているわけではないが、訪ねれば上杉は拒《こば》まなかった。

どこか姿婆の香りのする部屋で彼が仕事を終えるまで待ち、することをしたら自分の部屋へ帰る。

そういう上杉との気楽な関係が、玉芙蓉はけっこう気に入っていた。

上杉は逢うたびに意地悪く揶揄《からか》ってくるし、にっこり笑って嫌みも吐く。むかつくことも多いし、絶対、性格はよくないとは思うが、些細《ささい》なことで怒ったり手を上げたりは決してしないから、安心して自由に振る舞えた。

不安定でいつも緊張感が漂っていた間夫《まぶ》との有りようとはまるで違っていた。

またそのうち間夫ができることもあるのだろうが、繋《つな》ぎとしてはこういうのも悪くないと思う。

それに、上杉とするのは気持ちがいい。

相性がいいというのはこういうことなのだろう。挿れられると、繋がったところから溶けるような感じがするのだ。

(長い指、薄い唇)

上杉を見ていると、早くしたくてたまらない気持ちになる。ふれられたくてうずうずして、彼の意外なほど淫らで上手な接吻《キス》を思い出す。する前から愛撫《あいぶ》され、からだを繋げているような感覚を覚える。

(仕事、まだ終わらないのかよ……)

「うわ……！」

とりとめのないことを考えるうちにうとうとしてしまっていたらしい。折り曲げた脚を撫でられる感触に、玉芙蓉は思わず飛び起きた。読み差しの本が音を立てて絨毯に落ちた。

「ど……どこ触ってんだよ……！」

かっと紅くなって、いつのまにか玉芙蓉が寝ているソファの脚の側に座っていた上杉を睨みつける。けれど上杉は悪びれたようすも見せなかった。

「この脚をただで触れるなんて果報者《かほうもの》だと思ってね」

「まったくだよ、このむっつり助平《すけべ》」

脚を襦袢《じゅばん》の中に隠そうともせず、玉芙蓉は言う。上杉には意外にこういう悪戯《いたずら》なところがあるというのも、ここへ通うようになって知った意外な一面だった。

「ひどい言われようですね。そんなことを言っていると、お仕置きしますよ」

「訂正。助平親父」

「まったく、口の減らない」

やれやれと吐息をつきながら、上杉は絨毯の上から本を拾い上げた。

「六法全書……面白いですか？」

「面白いわけないだろ」

この本に限らず、ここに置いてあるのはほとんどが小難《こむずか》しい法律の本なのだ。文字を追っても半分も理解できない。ただ、上杉が仕事にかまけているから、時間を潰《つぶ》すために手に取っただけだった。

――私は遊びに来ているわけではないのでね
仕事を優先させる態度を崩さない上杉に、自分とのことはついでにすぎないと思われているようでむかつく。けれど彼が以前より頻繁《ひんぱん》に、見世に姿を見せるようになっていることにもまた玉芙蓉は気づいていた。

「法律に興味があるのなら、今度もう少し入りやすい本を持ってきてあげますよ」

「別にそんなのいいけど。弁護士になりたいわけでもないし……」

なれるわけでもないだろうが。

「弁護士はともかくとして」

仕事が終わったのなら、とばかりに男の首に腕をまわし、膝に乗り上げる玉芙蓉に、上杉は言った。

「娑婆へ戻ってからのことも少しは考えておいたほうがいいのではありませんか？　もうそんなに先のことではないのだから、どうやって生計を立てるかとか、どんな仕事をするかとか……」

「考えても、ただの皮算用《かわざんよう》じゃないか。前借が残ったら、娑婆どころか小見世かどこかに身売りしなきゃなんねーんだし」

「ちゃんと返すんでしょう？　また変な男に引っかかって貢いだりしなければ、なんとかなります。興味のある仕事でもあれば、資料を持ってきてあげますよ。何か資格を取ってみるのもいいかもしれないし……頭はよかったんでしょう？」

「……それほどでもないけど」

中学まではそれなりの成績だったが、高校からはろくに出席してさえいないのだ。

一年以上先のことなど玉芙蓉にとってはまるで現実感がなかった。あまり夢も見たくなかった。なのに上杉は親身《しんみ》になってくれようとする。

「目標を持ったほうが張りも出るし、男で失敗することもなくなりますよ」

「意外と面倒見がいいよな、あんた」

くすりと笑ってそう言うと、上杉は一瞬ふいを突かれたような顔をした。けれどそれは一瞬のことで。

「俺のことが心配？」

「これも仕事ですからね。他の妓の相談にも乗っていますよ」

彼はさらりと答える。

「あ、そ」

あっさりとした返事に少し面白くない気持ちになりながら、玉芙蓉はふと思いついたことを口にした。

「そういえばあんた、ここの顧問弁護士なんか引き受けたのは何で？」

「何故って……オーナーと昔からの知り合いで、頼まれたからですよ」

「それは聞いたことあるけど、遊廓の顧問なんて一流の弁護士様にとっちゃ、あんまり楽しい仕事じゃないんじゃねーの？」

売春が合法化されたとはいえ、廓の顧問弁護士など、位置づけとしては暴力団の顧問弁護士と大差がないのではないかと思う。そういう仕事を引き受けるほどの義理が、オーナーに対してあるのだろうか。

「ここのオーナーは大学時代の先輩でね。最初は断るつもりでこの見世を訪れたのですが――」

「だったらなんで」

「――興味がありますか？」

「え？」

先刻のお返しのようにふいに問い返され、玉芙蓉は弄《もてあそ》んでいた男のネクタイから顔を上げた。

「いつもそうやって聞きたがるでしょう。私のことを」

指摘されて、ようやくそのことに思い至る。言われてみれば、あれから何度か会うたびに何かしら彼のことを聞き出そうとしていたような気はする。

「そうやってお客さんにも根掘り葉掘り聞くんですか？」

「まさか。客のほうから話せば聞くけど……詮索《せんさく》するのは失礼に当たるし……」

それに正直なところ、聞きたいと思ったこともなかったかもしれない。――間夫にさえもだ。

興味もないし、と思わず言いかけ、玉芙蓉は口ごもった。そう言ってしまったら、上杉には興味がある、と言ったも同じことになるからだ。

(別にこいつのことだって、興味があるわけじゃ……)

多分、最初に聞いた話が自分の境遇と似ていたからだ。だからつい他のことも気になって……それにきっと、上杉を通して娑婆の空気に触れたいのかもしれないとも思う。

「聞きたがる割には、自分のことは話しませんね」

上杉の言葉に、痛いところを突かれたような気がした。けれど玉芙蓉はその痛みに目を瞑《つぶ》る。

「客には話すよ。つくり話だけどな。――もう、そんなこといいじゃん。聞かれるのが嫌ならそう言えばいいだろ」

「別にそんなことは言っていませんが……」

上杉の手が髪に触れてくる。

「ここの顧問弁護士になったのは、やはり先輩のたっての頼みは引き受けるべきだと思い直したからですよ。変わった人ですが、昔はいろいろと世話にもなったし、私で役に立てることなら恩返しのつもりでなんでもするべきだろうと……」

「女は嫌がらねえ？」

口にしてから、あ、また聞いてしまった、と玉芙蓉は思ったが、遅かった。

「女？」

「飯つくってくれる女」

「ああ……」

自棄《やけ》のように続ける玉芙蓉に、上杉は小さく笑った。

「いい顔はしませんね。でも控えめな人だから……。あなたとはずいぶん違うタイプですね。……とは言っても彼女は」

「はん」

玉芙蓉は上杉のネクタイを強く引っ張った。

自分で尋《たず》ねておきながら、女のことを語る上杉に、なんとなくむかついた。それ以上聞く気がしなくなって、引き寄せた唇を唇で塞《ふさ》ぐ。

「早く犯《や》ろう。時間がなくなる」

玉芙蓉は耳許《みみもと》で囁いた。

「気まぐれですね」

即物的とも言える誘惑に、上杉は苦笑を浮かべた。

「本当は、商品に手を出すのはまずいのですがね……」

「今さら何言ってんだか。毒を食らわば……だろ？」

「あまり頻繁に会っていると、人に知られますよ」

「ばれやしねーよ。ここに来るときは、人に見られねーように気をつけてるし」

「どうでしょうかね。あなたは人目を惹くから」

「俺に恥をかかせんなよ？」

玉芙蓉は上杉のネクタイを抜き取る。くつろげた襟許《えりもと》に、指先を這《は》わせる。

「もしかかせたら……鷹村に、あんたに襲われたって言うからな」

「まったく……飛んだ尻尾《しっぽ》を掴まれたものですね」

そう言いながらも、上杉の表情からは余裕が消えない。

上杉は不安定な玉芙蓉のからだを下から掬《すく》うように支え、唇をあわせてきた。舌を絡めながら、膝を跨《また》ぐ玉芙蓉の緋襦袢の裾《すそ》を割り、脚を撫で上げてくる。太腿から尻のまるみを確かめるようにてのひらでたどられると、玉芙蓉はそれだけでぞくぞくした。その手が狭間《はざま》へとすべり込んでくる。そしてぴくりと止まった。

上杉は再び苦笑する。

「はしたないことをしてくるじゃありませんか」

「手間が省《はぶ》けるだろ。あんたがぐずぐずしてるから、だいぶ乾いたけどな」

ここへ来る前に、見世で用意してある潤滑油《じゅんかつゆ》を秘所《ひしょ》に塗《ぬ》り込めてきたのだ。こんな淫《みだ》らな趣向《しゅこう》に、この男がどう反応するかを見てみたかった。

「こういうの、嫌かよ?」

「……そそられますよ。あなたがどんな顔をして準備したのかとか、どんな格好で……」

指先で濡れた入り口に触れてくる。なぞられて、ひくりと襞《ひだ》を震わせてしまう。

「こう、したのかとか……想像するとね」

「……あぅ……っ」

そのまま指を一本だけ挿入され、入ってくる感触に玉芙蓉は喘《あえ》いだ。上杉はゆっくりと探ってくる。

「こんなことを……いつもお客にもして悦《よろこ》ばせてあげるんですか……？」

「は……たま、に……っ」

玉芙蓉は小さく笑った。内壁《ないへき》を弄《いじ》られるのが、たまらなく気持ちがよかった。そんなはずはないのに、からだの奥からどんどん濡れてくるような気がする。すぐに息が乱れはじめる。

「これなら、すぐにでもできそうですね」

「う、ん……っ、あぁっ……！」

指が悦《い》いところに触れた。

「はあ、あァっ……！」

「ここですか？」

「は、あ……っそこ」

玉芙蓉は喘ぎながら、上杉の中心へと手を伸ばした。合わせ目の上をなぞり上げると、彼もまた欲情していることがわかる。前を開け、掴み出せば、手の中で脈打つ重みが心地よい。

「――つけてくれますか」

上杉が胸の隠しから取り出した防具を手渡してくる。

玉芙蓉は一瞬考え、それを放り投げた。

「……生がイイんですか？」

「……っ、嫌なのかよ……？　あ……っ」

喋ると、からだの奥に響くような気がして、玉芙蓉は息を詰める。

「あなたが困るんでしょう？」

そんな痕跡《こんせき》を客に見つかったりしたら。

「中……あとで洗うから、いい、……」

吐息混じりに、玉芙蓉は答える。掻き回す指の動きが焦《じ》れったくて、自《みずか》ら腰を揺らしてしまう。触れられもしていない性器が硬くなり、撓りきって蜜《みつ》を零《こぼ》していた。

「中に出してもらうのが、好きなんですか？」

「うん……っ」

誰にでもさせるわけではないけれども。――すくなくとも、客には進んでさせたことはないけれども。

この男があんまり涼しい顔をしているから、彼の熱をじかに感じてみたくなるのかもしれなかった。欲望の迸《ほとばし》りを受け止めてみたくなるのかも。

「――たっぷり搾《しぼ》り取ってやる、から、……っ」

「いやらしいですねえ」

上杉は面白がるように言い、頬に手を伸ばしてくる。

「この艶々《つやつや》とした肌は、男の精を吸っているからなんでしょうかね……」

「ばか、……この、助平親父みたいなこと……っ」

罵《ののし》ると、上杉は苦笑した。咥《くわ》え込もうとして膝立ちになる玉芙蓉のからだを支えてくれる。

「――っ……う」

玉芙蓉は自ら手を添えて、ゆっくりと腰を落としていった。


終わって上杉の部屋を出る頃には、既に吉原には見世《みせ》清掻《すががき》の音がまばらに響いていた。ほとんど毎日予約で埋まってしまう身では張り見世に並ぶ必要はないが、鷹村に見つかれば、すぐに客が登楼する時間だというのに支度《したく》もしていないと叱られるだろう。

（まあいいけど）

鬱陶《うっとう》しいには違いないが、年季明け間近であれば、遣り手の小言《こごと》などあまり怖くもなかった。

（……にしても、こんな時間までいるつもりなんかなかったのに）

上杉が離さないから……と言ったら、やはり嘘になるのだろう。

——これ以上したら、仕事に差し支えますよ
(なんて言うくせに、まるで面白がるみたいに際限なく応えるから)

——しようのない人ですね。……私もどうかしているが……

いったいあんな顔をして、どれだけ強いのかと思う。さすがにからだがだるくて、これから客とも寝るのかと思うとうんざりした。

(とはいえ、休むわけにもいかないし)

このあいだのように、身揚がりにならないよう上杉に都合をつけてもらえばよかったと思いながら、自分の本部屋へ戻る。

その途中、髪部屋の前を通り過ぎようとして、玉芙蓉は思わず立ち止まった。仕事に入る前の色子たちが集まって囀《さえず》る中に、自分の名前が聞こえたような気がしたからだ。

——じゃあ玉芙蓉の次の男ってこと?

(……?)

——ええーっ、信じらんない。俺狙ってたのに……!

——ていうか、やばくね?

——じゃないか、って話だよ。だってえらく色っぽい格好で上杉先生の部屋から出てきたんだぜ? あれは絶対犯ってるね、間違いない

首を傾《かし》げながら立ち聞きすれば、自分と上杉のことが噂になっているようだった。それなりに気をつけてはいたつもりだったのに、見られていたのかと舌打ちしたくなる。

従業員や廓内の関係者と色子との色恋沙汰は、見世では御法度《ごはっと》とされていた。表沙汰になれば面倒なことになる。とにかくこの件は否定しておかなければならなかった。

――そんなに男がいないといられないのかね。間夫に捨てられたかと思ったら、先生に手ぇ出すなんてさ
――淫乱《いんらん》なんだよ。まあこの商売には向いてるってことだよな。お職を張ってるだけのことはある
わっと笑い声で座が沸《わ》いた。

玉芙蓉は、音を立てて障子《しょうじ》を引き開けた。聞かれたと知って、同朋たちがさっと顔を引きつらせた。

柱に背を凭《もた》せ、腕を組んで彼らを見下ろす。

「悪かったな、次から次へと男ができて」

男が好きなだけでお職が張れると本気で思っているのだろうか。

(だったらてめぇら全員お職になれるはずじゃねえか)

だがそれを言えばまた騒ぎを大きくしてしまう。玉芙蓉は思いとどまった。こんなふうに理性が働くのは、我ながらめずらしいことだった。

色子たちの一人、葵《あおい》が突っかかってきた。

「はん。男ができるったって、貢いだあげくに捨てられてばっかじゃねーか。どうせすぐ先生にも捨てられるに決まってるさ」

玉芙蓉はむかついて、相手に摑みかかりたい衝動に駆られた。けれどやはりここで激昂《げっこう》するわけにはいかない。もししたら、上杉との関係を認めたことになってしまう。

第一、最初からからだだけの関係なのだ。捨てられるも何もない。

(あいつに女がいるのは知ってるし)

——あなたとはずいぶん違うタイプですね
上杉の科白を思い出し、頭の中の彼に悪態をつきながら、玉芙蓉は唇を開く。

「捨てられるも何も、俺と上杉先生とは——」

けれど玉芙蓉が弁明するより早く、葵は言った。

「あいにく、先生の好みはおまえみたいな年増《としま》じゃなくて、もっと若い子らしいぜ」

「ああ？　どういう意味だよ？」

「このあいだの夜、先生の部屋に蜻蛉《かげろう》が呼ばれるのを見たんだよ。残念だったな……！」

玉芙蓉は思わず瞠目《どうもく》した。

咄嗟に前の間夫が蜻蛉に鼻の下を伸ばしていたことを思い出す。

上杉には女がいるはず……とは思うが、三ツ股《また》程度のことは特に不思議でもなんでもない。かつての間夫たちにもそういう男はいくらでもいた。

(でも、まさか……)

上杉がそんなこと、と思う。

蜻蛉はたしかに綺麗な子だが、まだ十代の半ばにさえならない禿なのだ。上杉にそうい
う趣味はないはずだった。

(そんな話が出たこともなかったし)

執務室に呼んだというだけで決めつけるのは早計すぎると思う。

「――適当なこと言ってんじゃねーよ」

玉芙蓉は一蹴《いっしゅう》してみせた。

「馬鹿馬鹿しい。子供じゃねぇか」

では何故わざわざ夜――ということは、玉芙蓉が自分の部屋に戻ったあとだったのだろ
うか？　蜻蛉を呼び出したりしたのだろう。まるで隠れて逢われたようで、面白くない。

(本当だったら許さねえ)

と思い、そういえばそんな筋合いのつきあいではないんだった、と思い直す。かわりに、
もし本当だったら百回は変態と罵ってやることにする。

「……それにあいにくだけど」

そして用意してあった言い訳を口にした。

「上杉先生とは別にできてるわけじゃねえよ。このまえの盗難事件のことで話してるだけだから」

そう言いながら、ふとあの件はどうなったのだろうかと玉芙蓉は思い出した。あれ以来、実際にはそれについては何も話をしないままで、ほとんど忘れたようになってしまっていたのだ。

「というわけだから、勝手な憶測で物言ってんじゃねーよ」

言いたいことだけ言って、玉芙蓉は髪部屋を出た。

けれど話はそれだけでは終わらなかった。

本部屋へ戻るより先に、玉芙蓉は鷹村の部屋に呼び出されたのだ。

（やれやれ……）

ようやく鷹村から解放されて、肩をこりこりと鳴らしながら、玉芙蓉は自分の本部屋へと戻った。

鷹村の私室で追及されたのは、予想していたとおり上杉との件だった。

玉芙蓉が自分で思っていたよりも噂は広がっていたらしい。

——だから……！　このあいだの事件のこととか、年季のことで呼ばれてるだけだって……！

できているわけではないと否定はしたが、鷹村が信じたかどうか。

今後疑われるようなことはしないようにと厳命《げんめい》されて、ようやく部屋を下がることを許された。

口開《くちあ》けからけちがついたようで仕事にも気が乗らないが、今日は上客の一人である会社社長も登楼するというし、いつにも増して休むわけにはいかなかった。

（かったるい……）

呟きながらふらふらと廊下を歩けば、玉芙蓉の不在で暇《ひま》にしている部屋付きの禿たちが、庭の池に笹舟《ささぶね》を浮かべて遊んでいた。

（蜻蛉……）

その片方は蜻蛉だった。

こうしてみても、将来を嘱望《しょくぼう》されているだけのことはあって、たしかに可愛らしい姿をしている。今いる禿たちの中でも、容姿でいえばこの蜻蛉と、一緒にいる綺蝶《きちょう》が一、二を争うのではないかと思う。

（……って言ったってガキじゃないか）

前の間夫なら、隙があれば蜻蛉に手を出していたかもしれない気はする。けれど上杉が、子供を欲望の対象にするとは何故だか思えなかった。間夫よりも、間夫でもない相手のことをそんなふうに信じるのも変な感じはするが、これが「ましな男」だということなのかと思う。

けれど手は出していないとしても、上杉が蜻蛉を呼び出して、自分にしたのと同じように親身になって何か相談にでも乗ってやったのかと思うと、なんとなく面白くはなかった。じゃれている二人を蹴散《けち》らしてやろうかと思い、馬鹿馬鹿しくなって思いとどまる。

(——にしても、相変わらず仲のいい)

玉芙蓉は吐息をついた。

以前はこんな姿を見るだけで、苛《いら》ついていたものだった。けれど何故だかこの頃は、そんなことも少なくなった気がする。今はどれほど楽しげに暮らしていても、どうせ先には自分たちと似たような運命をたどるのだと思うと、苛《いじ》める手も少しだけ鈍《にぶ》る。

「おい、おまえら」

玉芙蓉は縁側《えんがわ》から呼びかける。

「支度手伝え」

「はーい」

ややわざとらしいほどしおらしく答え、禿たちが駆けてくる。

(ふん)

玉芙蓉は踵《きびす》を返し、一足先に自分の本部屋へ戻った。

そして襖を開け、思わず足を止める。

ひさしぶりに見るかつての上客――以前は気鋭《きえい》の青年実業家としてもてはやされたこともあったが、今は事業に失敗し、登楼どころではないはずの男の姿を見つけたからだった。


「――っ……！」

玉芙蓉は思いきり喉を反《そ》らし、上杉の上でびくびくと昇りつめた。

弛緩《しかん》して倒れ込めば、すっぽりと胸に受け止めてくれる。白皙《はくせき》の美貌をもつ男は着やせする質《たち》だったらしく、シャツに包まれたからだには意外にもしっかりした筋肉が感じられた。

顔を上げればすぐそこにある唇に口づけると、奥がきゅっと締まる。舌が絡む感触に、また疼《うず》きはじめる。

「……だめですよ」

けれど男は唇を離し、やんわりと言った。深く埋め込まれていたものが抜き取られ、玉芙蓉は息を詰める。

「これ以上したら、あとが辛《つら》くなるのはわかっているでしょう」

「まだ大丈夫だって」

「あなたのためですよ」

玉芙蓉は小さく舌打ちする。どうしてこの男はこんなにもあっさり引けるのだろうと思う。強くねだればしてくれるけれども、いつも自分ばかり欲しがるのもなんだか嫌なのだ。

(もっとぎらぎらして、襲いかかってきたりすればいいのに)

欲望に濡れ、性急に自分を求める上杉を一度くらい見てみたかった。想像するだけでもぞくぞくするくらいなのに。

(つまんねぇ……)

とはいえ終わったあと、何もせずにただ膝枕《ひざまくら》に横たわり、他愛もない話をする時間はけっこう嫌いではなかった。密着した肌の温もりが心地いいのは客でも間夫でも同じだが、どこか違うこの高揚感《こうよう》はなんだろう?

「そういえばさ……」

玉芙蓉はふと思いついて口にした。

「今、ちょっと気になる客がいるんだよな」

それは嘘ではなかったが、上杉がどう反応するかを見てみたい気持ちのほうが、強かったのかもしれない。

「そうですか」

特に動じたようすもなく上杉は返してくる。

「どういうお客です？」

「小松《こまつ》さんって言ってだいぶ前から馴染《なじ》みだったんだけど、経営してた会社が潰れてからはずっと登楼《あが》ってなかったんだ。それがこの前ひさしぶりに来てくれて」

「再起してまた登楼する資金ができたというわけですか？」

揶揄《やゆ》するような口調で上杉は聞いてきた。

「……そういうわけじゃないけど、あちこちから借金して花代を掻き集めてくれたみたいなんだ。一度でもなんかあると前金なしじゃ登楼れなくなるからさ。でもそこまでして来てくれるなんて、よっぽど俺に惚れてるんだと思わねえ？」

やや得意に語る玉芙蓉に、上杉は深いため息を漏らす。

「あなたは本当に馬鹿ですねえ……」

「ああ？　なんだって？」

「そんな男に好かれて、嬉しいですか？」

「え……？　そりゃ」

好かれれば嬉しい。客に愛《め》でられるのが仕事なのだから当然だった。更に言えば客にもいろいろな男がいるが、今話題にしている男は若くて美形でもあり、もともと嫌いなタイプの客ではなかった。

上杉は呆れたような顔で続ける。

「会社が潰れたのなら、ただでさえ借金が残っているのではありませんか？　それなのに更に借金を重ねてまで遊廓に男を買いに来るような人間が、まともだと思いますか？　しかもその状況だと、お客としての将来性もあるとは思えませんが」

痛いところを突かれ、玉芙蓉は黙り込んだ。

前回の花代がなんとか掻き集めてきたものだとすると、今後いつまでも資金が続くとは思えない。先々彼が太い客になる可能性は極めて小さいということだ。そういう客にいくら好かれても、傾城としてはあまりありがたいとは言えない。

上杉は再びため息をついた。

「それで……？　また身揚がりでもしたんですか？」

「してねーよ」

いつになく意地の悪い口調で問われ、玉芙蓉は憮然と答えた。頼まれはしたけれども、前の間夫とのことを思い出して、ちゃんと断ったのだ。

「こっちだってそんなことやってられる状態じゃないことぐらい、わかってるよ」

「それはよかった。娼妓に身揚がりさせるような客は、ますますろくなものじゃありませんからね」

「……」

今までのことを当てこすられて、玉芙蓉はまた口角《こうかく》を下げずにはいられなかった。

「あなたもあれだけのひどい目にあわされて、さすがに懲《こ》りているでしょう？」

上杉の声が、やや真剣なものになる。

「だったら、このあたりでしっかりと自覚を持ってはいかがです？」

「……自覚って」

「もう二度と身揚がりはしない——と、私に約束しなさい」

「え……」

そんな言葉を上杉が口にするとは思わず、玉芙蓉は目を見開いた。

「な——なんでそんなこと、あんたに命令されなきゃなんねーんだよ？」

「どうしてもです」

「だからどうして……!?」

何故この男にこんなふうに命令口調で言われなければならないのかと思う。けれど、余計なお世話だという決まり文句は、玉芙蓉の口からはどうしても出てこなかった。言っているることはもっともだと思うからだろうか、——それとも。

「……俺が新しい間夫をつくったら妬《や》ける？」

「そうだと言ったら？」

「え……っ？」

あまりにも意外な答えが返ってきて、玉芙蓉は声を呑《の》んだ。

（妬ける……嫉妬《しっと》するのか？　俺が他の男とつきあったら。……つまりそれは）

好きだということだろうか。

心が千々《ちぢ》に乱れ、頬がかっと熱くなる。彼にそういうふうに思われているとは思っていなかったけれど、だとしたら、どうしたらいいだろう……？

けれど次の科白で全身の力が抜けた。

上杉は芝居がかった調子で続けた。

「妬けますよ、死ぬほど。あなたを殺して私も死のうかと思うほどです。そんなことになったらどうします？」

「は……」

冗談にしか聞こえなかったからだ。

（なんだ、冗談……そりゃそうか）

玉芙蓉はつい笑い出してしまう。お職を張る傾城ともあろうものが、こんな戯《ざ》れ言《ごと》を真に受けて、しかも動揺するなんてどうかしている。客には数えきれないくらい何度も言ったり言われたりしてきた言葉なのに。

（でも……客以外から聞いたのは初めてだったかな）

いつものように揶揄われたのだろうが、悪い気分ではなかった。

「……まあ、それはともかく」

上杉もさすがにばつが悪そうだった。小さく咳払《せきばら》いをして、ため息をつく。

「これはあなたのためでもあるんですよ」

「――うん……」

上杉の言葉に、玉芙蓉は何故だか素直に答えてしまう。たしかに彼の言うとおり、もう身揚がりなどしないほうが自分自身のためではあるのだ。

（あれ……？）

そして頷いてから、ふと引っかかりを覚えた。

（今の科白……なんか変じゃなかったか？）

あなたのためでもあるのだ、という上杉の科白は、どこかが少しおかしい気がした。

（どこが？　どうして……？）

けれどどこに引っかかったのかは、玉芙蓉にはいくら考えてもわからなかった。

「では約束できますね？　もう二度と身揚がりはしない、と」

上杉は玉芙蓉の目を見つめてくる。その真《ま》っ直《す》ぐな瞳を見ていると、不思議と胸がどきどきした。

「……約束する」

わからないまま、玉芙蓉は口にした。

「約束ですよ」

その小指に、上杉は小指を絡めてきた。

指が触れた瞬間、玉芙蓉は胸を衝《つ》かれる思いがした。ふいにまた頬が熱くなる。

この鉄面皮な男がそんなしぐさをするなんて、夢にも思っていなかったのだ。

「……ずいぶん可愛いことするんだな」

絡んだ指を見つめ、思わずそう口にすると、上杉ははっとしたようだった。指を放し、再び軽く咳払いをする。

「――さあ、そろそろ帰らないと」

ごまかすように言いながら、彼は玉芙蓉の頭を下ろし、ソファから立ち上がった。

玉芙蓉はそのまま寝そべり、頬杖《ほおづえ》を突く。

「照れてんの？」

「誰がです」

にやにやと笑って揶揄えば、憮然と答えてくるのもなんだか可愛らしい。玉芙蓉はソファに顔を埋めてくすくすと笑った。

「ほら、あなたもそろそろ戻らないといけない時間でしょう？」

「はーいはい」

照れ隠しのように促され、玉芙蓉も起き上がる。

いつものように着物を整えるのを手伝わせながら、何故だか今日はひどく離れるのが名《な》残惜《ごりお》しくてならなかった。

「さあ、これでいいですよ」

「うん」

頷いて顔を上げれば、視線が絡む。

背伸びをして軽く首を傾ければ、上杉の唇が重なってきた。

【4】

件《くだん》の客は、その後再び玉芙蓉《たまふよう》の許《もと》に通ってきた。

上杉《うえすぎ》との約束を守って身揚がりはしていないが、玉芙蓉は心配せずにはいられなかった。

大見世《おおみせ》である花降楼《はなふりろう》の、しかもお職《しょく》を張るほどの傾城《けいせい》を揚げるとなれば、花代は莫大《ばくだい》なものになる。羽振《はぶ》りのよかった時期ならともかく、今の小松《こまつ》は、それをどうやって工面《くめん》しているのだろう。借りるにしても限度があるだろうし、借りた金はのちに返さなければならない。

（どうやって返すつもりなんだよ）

そしてまたせっかく借りられた金なら、花代などではなく生活を立て直すために使うべきではないか。

そんなことは彼自身が百も承知だろうにそうしないということは、やはり自棄になっているのではないか……。

「……芙蓉。――玉芙蓉」

飲み過ぎて呂律《ろれつ》の怪しい声で名前を呼ばれ、玉芙蓉は我に返った。

「どーうしたんだ、ぼーっとして」

と、小松は言った。

抱き寄せられ、ぞっと悪寒《おかん》が走る。思わずからだが逃げそうになり、はっと自分を制した。客にさわられるのは、仕事なのに。

(何やってんだか)

焼きが回った、とはこのことかと思う。こんなことが近頃ではめずらしくないのだ。

(でも、どうして?)

もともと嫌いではない——というより、どちらかといえば好みの客であるはずだった。そうでなければ心配などしない。

自分でも理由がよくわからなかった。

「花代のことを気にしてるんだろ?」

「え……、いえ、まさか」

不安が顔に出ていたのだろうか。気にしているのは花代のこと自体ではないのだが、指摘されて玉芙蓉は少し狼狽《ろうばい》した。ごまかすように首を振る。

「心配すんな。ちゃんと払うさ。どうせおまえも俺のことなんかもうだめだと思ってんだろうけどな、ところがどうして、こう見えても俺を信じて投資《とうし》してくれる奴ならまだまだごまんといるんだ」

そう言って、小松は誰でも知っているような実業家や政治家の名前をあげる。

傾城として、本来ならここは客に調子を合わせるべきだろう。客が金を持っているというのなら、たとえ嘘だとわかっていてもその客からできるだけ多くを引っ張る。それが本来の娼妓のありようであるはずだ。――でも。

（こうやって見栄《みえ》を張る男たちを何人も見てきた）

玉芙蓉がこれまで間夫《まぶ》としてきた男たちは、ほとんどが彼と同じような見栄っ張りだった。いかにも自分が大物であり、大物と繋《つな》がりがあるかのように語るが、結局は張りぼてに過ぎないのだ。

「何だよ、その目は？」

そんな思いが表れていたのだろうか。小松は睨みつけてきた。

「俺を貧乏人だとでも思ってんのかよ⁉」

「まさか、そんなこ……」

小松がいきなり盃《さかずき》を投げつけてきて、玉芙蓉は声を途切れさせた。

「畜生、何もかもおまえのせいじゃないか……‼」

「え……⁉　何言って……」

「おまえのせいだ‼　おまえに貢いだせいでこうなったんだ……‼」

完全な言いがかりだった。たしかに羽振りのよかった時期にはかなりの額を注ぎ込んではもらったが、それが会社が傾いた直接の原因ではありえない。もし仮にそうだったとしても、彼が自分の意志で見世に通ってきていた以上、彼自身の責任であるはずだった。けれど頭ではわかっているのに、責められると罪悪感を覚えてしまいそうになる。

「落ち着いてくださいな。今、水を……」

飲み過ぎているのだと思い、玉芙蓉は小松を宥《なだ》めようとした。思えばたいして強いほうでもないのに、先刻からずいぶん盃を干《ほ》すのが早かった。

「責任とれよ……!!」

けれど彼は聞かずに、玉芙蓉を畳に押し倒してきた。仕掛けをはだけ、乱暴に帯を解く。引き裂くように襦袢《じゅばん》を脱がせにかかる。

「ちょっ、痛……っ、や……!」

抱かれるのは仕事だが、無茶な扱いをされるのはたまらなかった。玉芙蓉は男の胸を押し返そうとする。

「……っ」

ふいに小松は号泣《ごうきゅう》しはじめた。

「もう何もない」

「えっ……?」

「残ったのは借金だけだ。会社が潰れて、まわりの奴らはみんな俺を見捨てた。マスコミは俺を叩く。いいときはあんなにちやほやしやがったくせに……！」

「小松様……」

玉芙蓉は自分にしがみついて泣く男を、何故だか突き放すことができなくなっていた。

「……マスコミなんて、もともとそんなもんでしょうよ」

「家族にも捨てられた」

「え……」

家族に見捨てられたという小松の言葉に、玉芙蓉の心は強く揺さぶられた。彼への同情が胸に突き上げてきた。

「明日になったら俺は死ぬ」

「そ……そんな死ぬなんて、何おっしゃってるんですか……。まだ若いんだし、やり直しはいくらでも」

「どうやってやり直すって言うんだよ!?」

小松は怒鳴った。

「なけなしの金も今日の花代を払ったら消えるんだ。そしたら俺には本当に借金しかなくなっちまう。死ぬ以外、どうしろってんだよ……!!」

「そんな……」

そんなときに廓《くるわ》に来るなんて、この男は本当にどうかしていると思う。立ち直る気があったらこんな真似はしない。自棄になっているのだ。

(……もし俺が見捨てたら、この人は)

そう思うと、玉芙蓉は動揺せずにはいられなかった。

(だめだって……もう身揚がりはしないって決めたんだから)

人のために金を使っていられる状況ではないし、それに、

――約束できますね？　もう二度と身揚がりはしない、と
上杉の声と、絡めた指の感触を思い出す。彼は自分のためを思ってそう言ってくれたのだ。

――約束ですよ？

(……約束、したし)

「どうにかなりますよ……きっと」

(でも、見捨てたら……)

瞼《まぶた》の奥に浮かびそうになる光景を、玉芙蓉は振り払おうとした。

「……死んだら終わりじゃないですか……」

玉芙蓉はしどろもどろに言葉を繋ぐ。

傾城としての手管《てくだ》は、何一つ出てこなくなっていた。

「もうだめだって言ってるだろ……！」

小松は耳を傾けようともしてくれない。

「なんだよ、その顔は……！　花代なら心配するなって言ってるだろ。花代のぶんはちゃんと掻き集めて来たんだから。俺の最後の金をおまえのために使ってやるんだ、もっと嬉しそうな顔をしたらどうなんだ!?」

「ちょ……やめ」

襦袢を引き裂かれる音が部屋に響く。

男は再び号泣し、玉芙蓉に抱きついてきた。

「俺にはもうおまえだけなんだ。死ぬ前に、最後におまえに会いたかったんだ、玉芙蓉……!!」


上杉が次に花降楼にやってきたのは、それからしばらくしてからのことだった。

同じ楼内のことだから、彼が見世に現れれば髪部屋にいても伝わってくる。

いつもならそれを耳にすれば玉芙蓉のほうから彼の部屋を訪ねていたが、その日はどうしても足を向ける気になれなかった。

客の懇願に負けて、玉芙蓉がまた身揚がりしてしまったことを、上杉はもう知っているだろうか。だとしたら、彼はひどく怒っているだろうか？

自分のために言ってくれたこととはいえ、身揚がりをするかしないかまで彼に縛られる謂《い》われはない。とはいうものの、約束を破ったことは紛《まぎ》れもない事実だった。

——約束ですよ

そう言った彼の言葉を思い出して、ひっそりと小指を噛む。

あの絡められた指の不思議な甘さを思うと、彼を裏切ってしまったような気持ちになり、後ろめたくてならなかった。

（別に裏切ったとか……そういう関係じゃないんだし、ちょっと約束を破ったくらいでそれほど怒るとは思えないし。第一、まだ何も知らないかもしれないんだし）

何食わぬ顔をして逢いに行ってみようかと思う。

（だって……もし何も知らなかったら、このまま行かないほうがきっと変に思う）

藪蛇《やぶへび》になるよりは、行ったほうがいいのではないか。

そわそわと落ち着かなかった。

罪悪感や後ろめたさもあるが、それだけではなく、上杉が見世にいると思うだけで気になってならなかった。

（逢いたい——いや、犯りたいのか？）

自分でも自分の気持ちがよくわからない。けれど、いくら上杉が見世に来る機会を増やしているとは言っても、それほどこまめに逢えるわけではないのだ。来ているときに逢わないのは、損をしているような気がした。

でも、もし彼が既に知っていたら？

玉芙蓉は思わず自分で自分のからだをぎゅっと抱き締めた。

「失礼します」

部屋の外から声がかけられたのは、そのときだった。

玉芙蓉ははっと顔を上げる。

襖を開けて、蜻蛉《かげろう》が入ってきた。

「上杉先生がお呼びです」

「――……」

向こうから呼び出しをかけてくるとは思わず、ひどく動揺を覚えた。

それはただでさえめずらしいことだった。いつもなら、さほどの時間を置くこともなくこちらから訪ねていた。上杉には勿論片づけなければならない仕事があることは承知のうえで部屋へ行き、彼の手が空くまではただだらだらと傍《そば》で過ごしていたのだ。

怒っているだろうか、と思うと、足が竦《すく》む。

それでも見世の顧問弁護士である上杉に呼ばれれば、出向かないわけにはいかなかった。

白州《しらす》に牽《ひ》かれていく罪人のような気持ちで、玉芙蓉は彼の部屋を訪ねた。

(何も知らなければいいのに)

いつかは知れることだとはわかっていながらそう思う。

けれど部屋に足を一歩踏み入れた途端、空気が硬いのがわかった。——知っているのだ。

「どうしました。こちらに来なさい」

促《うなが》され、目を逸《そ》らしながら歩み寄る。

気怠《けだる》さを装《よそお》い、腕を組んで机の前に立ち尽《つ》くす。めずらしく怒っているのがわかるだけに、上杉の顔を見られなかった。

沈黙が落ちる。

先手を打って謝るべきだろうか。

(だってあれは仕方なかったんだ。ちゃんと説明すればわかってくれるかもしれないし。

……でも)

聞いてくれなかったら。

唇を開いたのは、上杉のほうが先だった。

「自分が何をしたのかは、わかっているようですね」

「な……」

その言葉に、玉芙蓉はかっとした。

「まったくあなたという人は」

けれど彼が抗議するより先に、上杉は深くため息をついた。

「どこまで馬鹿をやったら気が済むんでしょうね。身揚がりをしたばかりか、あんな男に借金まで代払いしてやったそうじゃないですか」

「……」

もうそんなことまで知っているのかと思う。

「あの男があなたのことをなんと吹聴《ふいちょう》していたか知っていますか。――玉芙蓉は俺にぞっこんだ。ちょっと涙を見せて掻《か》き口説《くど》けばちょろいものだった、大見世の傾城だと思って今まで高い金を払って登楼《あが》っていたのが馬鹿馬鹿しい……」

「嘘だ……！」

玉芙蓉は思わず叫んだ。

「私がこんな馬鹿馬鹿しい嘘をつくとでも？」

「――……」

口にはしてしまったけれども、上杉がそんな嘘をつくとはさすがに思えなかった。玉芙蓉は黙り込む。

「あの男の行きつけのクラブで耳にしたんですよ。私も同じ店の会員なのでね。ひさしぶりに顔を見せてそんな話をしていたそうです。最近の貸金業者は、一括《いっかつ》で返済すれば優良客とみなして更に借入枠を増やしてくれますからね。あの男は再度借り入れた金で相場《そうば》に手を出したようですが、さてどうなるか」

「相場……」

当たれば大きいことから一攫千金《いっかくせんきん》を狙う者は多いが、実際には難しい世界だ。細かい調査に基づいて張ってもそう簡単に勝てるものではないのに、地道なことが嫌いな小松のような男が当てずっぽうに張ったらどうなるか、火を見るよりも明らかだと思う。そういう男を今まで何人も見てはきたけれども、なけなしの金を——しかも他人に迷惑をかけて借りた金を、どうしてそんな投げ捨てるような使い方ができるのだろう。

「自分が汗水垂《た》らして稼《かせ》いだ金ではありませんからね」

玉芙蓉の頭の中を読んだように、上杉は言った。

「あなたはいったい、あんな男のどこを好きになったんですか？」

「どこって……」

「顔ですか？　たしかにちょっとした優男《やさおとこ》らしいですね」

「そういうわけじゃ」

「では、どこを？　ついこのあいだまでは、ただちょっと気になる程度だった客のことを、急に身揚がりしてでも通って欲しいほど好きになったんでしょう？」

「それは……好きっていうか……」

そんなふうに言われることには違和感があった。

嫌いな客ではなかったが、身揚がりを承知したのが好きになったからだったのかどうか……自分でもよくはわからないのだ。

（同情したとは言えるけど……）

可哀想とは惚れたってこと、とは昔から言われる言葉だから、やはり好きになったということになるのだろうか。

「じゃあ、前の男は？　どこがよかったんです？」

「――それは……」

散々な目にあわせてくれた男だった。しかしそれはともかくとして、最初は愛情があって間夫にしたはずだった。けれど今改めて思い出そうとしても、彼のどこに惹かれていたのか、よく思い出せない。

「だって……俺のこと好きだって言ってくれたし」

「なるほど。好きだと言われれば、誰でも好きになるわけですか」

「そういうわけじゃ……だけど親に勘当《かんどう》されてるって言ってたし、見捨てられないじゃないか」

実際に捨てられたのはこっちだったわけだけど。

「もういいだろ、こんな話……！」

「その前の男も似たようなものでしたね」

「え……!?」

玉芙蓉は思わず顔を上げた。

「たしか、やはり事業に失敗した会社社長でしたか……あなたは散々貢いで立ち直らせようとしましたが、結局詐欺《さぎ》で捕まって刑務所行きになりましたね。その前は、借金で首が回らなくなった落ち目の芸能人で、その前は親に勘当された放蕩《ほうとう》息子……どちらも相手の浮気でだめになった。そしてその前は――」

「なんでそんなこと知ってるんだよ……!?」

「さあ、どうしてでしょうかね」

顧問弁護士だからだろうか。鷹村《たかむら》が話しているのか、たまに見世を訪れていれば、自然と耳に入ってくるものなのだろうか……?

「どうしてあなたはそういうろくでもない男にばかり引っかかるんです？　しかも毎回、散々貢がされて」

「だって……困ってるのに見捨てられないだろ」

「見捨てればいいでしょう。赤の他人なんだから。そんな男のために身を削《けず》って、自分でも馬鹿みたいだと思いませんか」

たしかに改めて突きつけられると、自分でも自分が何をやっているのかわからなくなるけれども。

「そりゃ……でも」

「だったら、どうしてなんです？」

「だ——だって……」

　上杉の問いかけに、何故だか追いつめられる思いがした。ずっと直視するのを避けてきたことを、暴《あば》かれてしまいそうな気がした。

　脳裏《のうり》に蘇《よみがえ》りかける昔の記憶を振り払おうとする。

「……いいじゃんか、そんなこと……！」

「よくありませんよ」

　玉芙蓉は顔を背けるけれども、上杉はゆるしてはくれない。

「約束を破った罰《ばつ》です。答えなさい。——どうして見捨てられないんですか？」

「罰……」

「そうです」

　その言葉は何故だか玉芙蓉の胸に響いた。たしかに自分は罰を受けるべき人間なのだという気がした。

　玉芙蓉は唇を開く。

「……だって見捨てたりしたら」

「見捨てたら？」

「し——死んじゃったらどうするんだよ……⁉」

「——……」

玉芙蓉の口を吐いて出た言葉に、上杉は目を見開いた。そしてその瞳をゆっくりと眇《すが》める。

「……愛しているから、と言うかと思いましたよ。普通なら、こういうときの答えは愛しているから見捨てられなかった——でしょう」

「——……」

玉芙蓉はその言葉に、大きな衝撃を受けた。

（そう……だ。どうして俺）

そう答えなかったんだろう？　上杉に言われるまで、自分がその答えを思いつきさえしなかったことに、玉芙蓉は愕然とした。死ぬほど困っているからといって、全員を自分が助けられるはずがない。間夫たちのことは、特別に愛していたからこそ助けようとしたのではなかったのか？

上杉は、宥めるような口調で続ける。

「……死にはしませんよ。そう簡単にはね」

「わからないだろ、そんなこと……！」

「わかりますよ。職業柄、ああいう輩《やから》はたくさん見てきたと言ったでしょう」

「でもわからないじゃないか!!」

「どうしてそう思うんです」

「だって……っ」

追いつめられ、玉芙蓉は頭を抱えてうずくまった。

「父さんは死んだんだから……!!」

売られてきてから、一度も口にしたことのなかった言葉だった。心の奥に閉じ込めて、忘れたつもりになっていたことだった。

けれど記憶の蓋《ふた》は開かれる。もう、忘れたふりをすることはできなかった。瞼の裏にまざまざと蘇る、古いアパートの畳に吐瀉物《としゃぶつ》にまみれて横たわる、男の姿を。

「やはりそのことに関係があるのですね」

「……!　知って……?」

上杉の言葉に、玉芙蓉ははっとした。彼は父の死のことを知っているのだろうか。――どうして?　鷹村やオーナーは知っているはずだが、彼らが喋ったのだろうか?

上杉は机を離れ、玉芙蓉の傍へ歩み寄ってきた。肩を抱いて立たせ、ソファに座らせる。そして自分も隣に腰を下ろした。

「調べたんですよ」

「人のこと勝手に……！　そんなの、いくら顧問弁護士だからって許されると思ってんのかよ!?」

「それについては謝ります。どうしても気になってしかたがなかったものですから。あなたがどうしてあんな男ばかり好きになるのかがね」

上杉の言葉に、更に怒りが燃え上がった。

「悪かったな……！　俺が誰を好きになろうとあんたに関係ないだろ……！」

「いい加減に自覚しなさい!!」

玉芙蓉は目を見開く。声を荒げる上杉を見たのは、これが初めてのことだった。

「あなたのは恋愛じゃない」

「……恋愛じゃない……？」

「このあいだ身揚がりした客も、その前の間夫も、愛していたわけではないのでしょう？」

「そんな……まさか」

玉芙蓉は軽く首を振った。

「好きじゃなかったら、どうして身揚がりしてまで逢ったりするんだよ？　それほど逢いたいからだろ。愛してるからに決まってるじゃないか」

「それは愛情なのですか。ただの執着《しゅうちゃく》なのではありませんか……？」

「執着……」

その言葉は、玉芙蓉の胸に小さく響いた。けれど気づかないふりで、玉芙蓉はまた首を振る。

「変なこと言うなよ。俺は……」

「違うというなら、相手のどこが好きなのかという問いにさえ、ろくに答えられなかったのはどうしてですか」

「それは……っ」

痛いところを突かれた気がした。彼らのどこを好きになったのかという疑問は、自分でもずっと抱いていたものだったからだ。でも。

「……そんなの、ちゃんと言えない奴なんていくらでもいるだろ。なんとなくとか、全部好きとか……そういうことだって」

「では一緒にいると楽しくてたまらないとか、相手のことが愛しくて、しあわせを祈らずにはいられなかったことは？」

「――……」

玉芙蓉は答えられなかった。

（そんな綺麗な気持ちになったこと、あったっけ……？）

玉芙蓉にとっての間夫との関係は、心配する気持ちにつけ込むように無心され、金子《きんす》を用立てれば見返りに愛情を求めずにはいられず、相手を縛ろうとして鬱陶しがられ、気持ちが離れていく……そういうことの繰り返しだったような気がするのだ。思うようにならない苛立ちと、いつ終わってしまうのかという不安で一杯で、一緒にいても辛いばかりで、未来を夢見る余裕もなければ、相手にしあわせになって欲しいなどというきれいごとを、思い浮かべたことさえなかった。

そのことに気づいて、玉芙蓉は愕然とした。

目を見開いたまま見つめる玉芙蓉を、上杉は抱き寄せた。玉芙蓉はその胸に顔を埋める。

「……あなたのお父さんは、若くして結婚してあなたを儲《もう》けた、なかなかの美青年だったそうですね。あなたが小学生のとき放漫《ほうまん》経営により事業に失敗、店を潰して離婚、家屋敷《いえやしき》も手放していますね。それでも浪費癖《ろうひぐせ》はおさまらなかった……あなたがつきあってきた男たちと、少し似たタイプだ」

指摘され、玉芙蓉は初めて振り返ってみる。

間夫たちはたしかにみな似たところがあるとは思っていた。優男だが、見栄っ張りで金にだらしがなく、性格的には頼りない男たちだった。ろくでなしだが、でも甘えるのだけは上手で。

その根幹《こんかん》にあったのは、亡くなった父親の面影だったのだろうか？

「あなたは彼らにお父さんの面影を見て無意識にかわりに償《つぐな》おうとしていただけなのではありませんか？　お父さんに似たタイプの男に縋《すが》られると振り切れなかっただけで、本当は彼らのことなど好きでもなんでもなかった……違いますか」

「ちがう……俺は本当に」

答える声は、何故だか弱くなってしまう。

「だけど他人を無闇《むやみ》に甘やかすのはいいことではありませんよ。人間としてだめになる。お父さんが亡くなったのはあなたのせいではないし、罪悪感を持つ必要も償《つぐな》う必要もないんです。ましてや、彼らがどんなに似ていようと、あなたのお父さん本人ではないのですからね」

「俺のせいじゃないって……？」

「ええ」

「そんなの……あんたが何を知ってるっていうんだよ？」

自分と父の何を？

「何をどれだけ調べたって言うんだよ!?」

いくら調べたとしても、出てこないようなことだってある。上杉はわかってない。玉芙蓉には父の死が自分と関係ないとは思えなかった。

「あんたに何がわかるんだよ……!?」

「じゃあわかるように話しなさい。何もかも、最初から」

（何もかも……？　全部？　昔のことから？）

玉芙蓉は両手で耳を塞ぎ、首を振った。

その手を上杉が引き剝がす。

「話しなさい、自分の口で……！」

「嫌だって言ってるだろ……!!」

口に出したくなかった。これ以上思い出したくなかった。あのときのことはもう何も。

「いいじゃんか、昔のことなんて……！　俺が誰とつきあおうが、好きになったからつきあっただけで、昔のことなんて関係ない！　あんたにも関係ない……！」

「……そうですか」

ふいに上杉の声の調子が変わったような気がした。

玉芙蓉ははっと顔を上げた。そしてその表情を目にした途端、ぞくりと背筋が冷たくなった。

「では、約束を破ったお仕置きをしなければいけませんね」

「え……？　あッ……！」

問い返した次の瞬間には、いきなりソファにうつぶせに突き飛ばされていた。

「何するんだよ……！」

抗議しても、上杉は聞いてはくれなかった。

背中を押さえつけられ、両腕を後ろで摑まれる。上杉がネクタイの結び目に指を突っ込み、引き抜くのが目の端に映った。

「ちょっ、何……っ」

「お仕置きをすると言ったでしょう？」

上杉はネクタイを玉芙蓉の手首に巻き付け、一纏《ひとまと》めに縛ってしまう。

「冗談……！　第一、もう時間が……っ」

こんなふうに犯されるのも冗談ではなかったが、部屋を訪れた時間が時間だっただけに、既に吉原には見世清掻きの音が響きはじめていた。これから抱かれていたら、今夜の口開けに間に合わなくなる。

「だから？」

けれど上杉は冷たく一蹴する。

そして言った。

「一度くらい、私のために身揚がりしてみなさい」


「……っ、あぁぁぁッ……！」

潤滑油を垂らしただけの肉茎に、馴らされもしないまま貫《つらぬ》かれ、玉芙蓉は思いきり背を撓らせた。

ソファの上で大きく脚を開かされ、受け入れさせられる。仕掛けも襦袢も乱されて、下半身はほとんどあらわになっていた。縛られたままの両手はからだの下に敷き込まれ、抗《あらが》うこともできない。

自分の満足だけを優先し、いきなり挿入する客は少なくない。けれど上杉にこういう扱いを受けるのは初めてだった。

「……っく……」

「痛いですか……？」

「……ったりまえ、だ……っ」

「おや……？　でもここはそうは言っていないようですが……？」

「……ぃあっ……！」

はだけた襦袢のあいだに手を差し込まれ、中心を握られる。上杉の指摘したとおり、そこはふれられもせずに硬くなりかけていた。

どうしてそうなっているのか、玉芙蓉自身にもよくわからなかった。いきなり突っ込まれて、苦しくないわけがないのに。

「痛いくらいのほうが、本当は好きなんでしょう？」

「んなわけな……っ」

玉芙蓉は否定するが上杉は聞いていない。

「まあ、前からそんな気はしていましたけれどね……」

「え、な……っ」

そのまま太腿を摑まれ、恥ずかしいほど深く折り曲げられて、扱《しご》かれる。

「ッ……あぁぁ……っ」

突き上げてくる刺激に、玉芙蓉は背を仰《の》け反《ぞ》らせた。深く咥《くわ》え込んだ上杉のものを、無意識にぎちぎちと食い締める。

痛いくらい張りつめてしまうものを、上杉は先走りを塗りつけるようにして擦り立ててきた。

「あっ、あっ、あっ――」

びくびくとからだが跳ねる。

（こんな、簡単に……っ）

達かされるなんて。

そう思うのに、堪《こら》えることができなかった。強く扱かれて、玉芙蓉はからだの中の男を思いきり締めつけ、昇りつめていた。

白濁《はくだく》を吐き出して、ぐったりと弛緩する。けれど終わっても、自らの内部で息づく上杉のものを意識しないわけにはいかなかった。達したはずなのに、まだからだがうずうずしてたまらない。後手《うしろで》に縛られて、どうしても突き出すかたちになる乳首までが勃《た》っているのが、見なくてもわかった。

上杉は乳首をきつく摘《つま》んでくる。

「次はここでイキますか」

「アッ……！」

その途端、また後ろが上杉を締めつけたのがわかった。萎《な》えたはずのものが、びくりと頭を擡《もた》げる。

「……っ……」

上杉は襦袢越しにもはっきりとわかる尖《とが》りを唇に含み、歯を立ててきた。

「あぁっ……！」

びくびくと腰が跳ねた。乳首を弄《いじ》られると、その刺激がからだの芯《しん》まで響いてくる気がした。嵌《は》められたままの男を無意識に締めつけ、狂おしく焦燥《しょうそう》する。

「はぁ……あ……っ、っく……！」

「気持ちがいいですか？」

「……い……わけな……っ」

「嘘つきな唇ですね」

上杉はくすりと笑い、口づけてくる。舌を吸われると、中が連動して彼を締めつけるの

が、自分でもわかってしまう。

それでも責め苦のような快感に耐えるようすがを求め、玉芙蓉は上杉の接吻に応えずにはいられなかった。

夢中で舌を絡め、擦りつける。そのたびに腰の奥が疼く。

「……さすがにいいからだをしていますね」

玉芙蓉の乳首を指で転がしながら、上杉は言った。

その吐息混じりの声に、玉芙蓉はひどくぞくぞくした。——上杉が自分のからだで感じているのだと思うと。

「気持ちがいいですよ。熱くて、やわらかいのにきつく締まって……、動かなくても搾り取られそうだ」

「あぁうっ……ふっ……ぅんっ……」

腰の奥と、尖りきった胸の飾りから来る快感で、濡れた喘ぎを止められなくなっていた。

上杉を食い締めるだけでは足りずに、自ら腰を浮かせ、擦りつけるように揺らめかせてしまう。

二人のからだに挟まれたところで、撓りきった屹立《きつりつ》が蜜《みつ》をあふれさせていた。

「そこ……っ嚙んで……っ」

なかば無意識に、玉芙蓉は口走っていた。

「……どこをです？」

「乳首……噛んで……っ」

そうすれば射精できそうな気がした。

「人にものを頼む態度ではありませんね」

「……お願い、だから……っ」

促され、上杉はその尖りに歯を立ててきた。きつく噛んで、ざらつく舌で舐めて、もう片方を強く抓《つね》ってくる。

「あああっ……！」

高く声を放ち、玉芙蓉は乳首で達していた。

ソファに身を沈め、激しく胸を喘がせる。

「噛まれて達ったのですね。痛いのが好きですか……？」

玉芙蓉は激しく左右に首を振った。

「……っくしょう……っ」

悔しいけれども、達ったにもかかわらず、体奥の疼きはまだまるで治まってはいなかった。それどころか、激しくなったような気さえした。

「動……けよ……っも……」

耐えきれずに玉芙蓉は言った。

けれど上杉は命じてくる。

「動いてください、と言いなさい」

「この……っ」

意地悪く言われ、腹が立ってならなかった。思いきり悪態をつこうとする。

その瞬間、上杉は奥を緩く突いてきた。

「あああっ……！」

熟《う》れきった内壁を擦られ、甘く貫いてくる刺激に、玉芙蓉は嬌声をあげた。一度あたえられてしまうと、もう堪えることなどできなかった。恥ずかしいほど激しく、後ろが収縮しはじめる。

「もっと、して……っもっと」

夢中で口走った。

「……何をです？」

「突いて……！　中、擦って……っぐちゃぐちゃにして……！」

「して欲しければ、お願いしてごらんなさい」

「あ……」

拒絶したかった。けれど、もう我慢できない。

「……してください……動いて、達かせて……っ」

口にした途端、恥ずかしいほど深く脚を折り曲げられ、大きく開かされる。その奥を、上杉が突いてきた。

「あ、あ、あ、……ッあぁぁ……っ」

深い抜き差しを何度かされただけで、玉芙蓉は三度目の絶頂を覚えていた。

泥《どろ》のような疲労で、指一本動かしたくない。

けれど上杉はやめてはくれなかった。玉芙蓉のからだの中、深く残したものをゆっくりとうごめかせはじめた。それが次第に速くなる。

「も、やめ……っ」

「ここは嫌だとは言ってませんが……？」

言いながら、男を受け入れた場所の縁《ふち》をなぞる。

「ああ……っ！」

その瞬間、またそこがぎゅっと収縮したのがわかった。

「出すものも出せなくなるまでイカせてあげますよ」

と、上杉は言った。

＊

膝枕でぐったりと寝入る玉芙蓉の髪を、上杉はそっと撫でた。

ソファの大きさのせいもあるのだろうが、玉芙蓉はここで眠るときは必ず膝を折り、なかばまるくなって寝ているような気がする。

太腿の見え隠れする姿は艶《つや》めかしいが、その姿勢はどこか胎児《たいじ》を思わせる気がして、見ていると心が少し痛くなった。

起きているときの凄絶《せいぜつ》な婀娜《あだ》っぽさからすれば、寝顔はずっとあどけなかった。玉芙蓉の客たちは、こんなギャップにも惹きつけられるのだろうか。

ひどいことをした、と思う。

玉芙蓉も感じていたから、というのは言い訳にならない。

痛くても、ひどくされても感じるのではないか――それは罰を受けたいからではないのかということは、以前からなんとなく感じていたことだった。

起こさないように、玉芙蓉を膝枕からそっとおろす。

そして身繕《みづくろ》いを整え、上杉は執務室を出た。

ちょうど鷹村が来合わせたのは、そのときだった。

「……今お帰りですか？」

「ああ……、こちらからお訪ねしようと思っていたところでした」

「……そうですか」

鷹村はやや怪訝そうな顔をする。

「こちらからもお話ししたいことがあるのですが、少しお時間をいただけますか」

「ええ」

話の内容は、聞かなくてもだいたい察しがついたけれども、上杉は頷いた。

玉芙蓉とのことが噂になっていることはわかっていた。それだけで済んでいるうちはまだいいが、関係を続けていたら、いつどこで何を人に見られるかわからない。そろそろなんとかしろと警告が来る頃だと思っていた。

鷹村はちらりと執務室の扉に視線を向ける。

立ち話をするよりは、部屋へ通すほうが自然だろう。けれど中には玉芙蓉がいる。入れるわけにはいかなかった。

「ひさしぶりに庭へ出てみたいのですが、ご一緒にいかがです」

「……ええ」

上杉の提案に、明らかに察している顔をしながらも、鷹村は頷いた。禿《かむろ》に履《は》き物を持ってこさせ、一緒に人気《ひとけ》のない庭へ降りる。思いつきで口にしたことだったが、話を漏れ聞かれる心配がないという点では、悪くない選択だった。

玉芙蓉に初めて出会ったのもこの庭だった、と思い出す。桜の下に立つ彼は、絵巻物から抜け出たように美しかった。

「……あの妓《こ》も年季明けまであとたった一年ですから……」

と、鷹村は口を開いた。

「妙な男に入れあげて、いくら売れっ妓になっても借金ばかりが嵩《かさ》むような状況に、私もずっと頭を抱えてはいたんです。……それよりはずっとましですし、あの妓自身この頃はだいぶ落ち着いてきたようで、同朋と喧嘩《けんか》をしたり気分で禿を苛めたりするようなことも少なくなって、むしろいい影響が出ているのなら……と思わないこともなかったのですが」

「……ええ」

「これ以上噂になるようだと、こちらも困るのですよ。……噂の真偽《しんぎ》はともかくとしましてもね」

上杉と玉芙蓉との関係を知ってしまえば、どうしても目を瞑るわけにはいかなくなるのが鷹村の立場だ。彼は一度もはっきりとは認めないまま話を進めた。それどころか、玉芙蓉という名前さえ出さなかった。

「……そういうわけですから、先生にもよく考えていただかなければと思っているのですよ」

「お話はわかりました」

と、上杉は言った。

「今後はご心配をおかけすることはないと思いますよ」

「では……」

「ええ」

上杉は鞄《かばん》から分厚い封筒を取り出した。

そして鷹村に差し出す。

「これを玉芙蓉さんに渡していただけますか」

と、上杉は言った。

【5】

「え……？」

鷹村《たかむら》の私室へ呼び出され、目の前の畳に封筒を置かれて、玉芙蓉《たまふよう》は目を見開いた。

手にとって中をあらためれば、かなりの額の現金が入っていた。

「何だよ、これ……？」

「上杉《うえすぎ》先生からです」

（あいつから……？　どうして？）

何の金だろう、と思う。

「これに署名《しょめい》を」

鷹村はそう言って、もう一枚の紙を差し出した。

領収証だった。

玉芙蓉はそれを呆然と見つめた。

上杉から金を渡されて、領収証を書かされる。そのことの意味がわからなかった。

（もしかして、……手切れ金とか）

このあいだ逢ったときのことが頭に蘇る。

身揚がりのことで喧嘩のようになってしまい、別人のような上杉に抱かれた。そして目が覚めたときには独りで。

それ以来、彼は見世に現れていない。

（まさか……金を渡して綺麗に別れたいとか）

こうして男に札束を突きつけられたことは、今までにも何度かあった。

「……玉芙蓉？」

封筒をじっと見つめる玉芙蓉に、鷹村は怪訝《けげん》そうに聞いてきた。玉芙蓉は顔を上げた。

「これ……どういうことだよ？」

「さあ？　先日の事件の関係のもののようですよ。後日改めて説明するが、手許《てもと》が不自由だろうから先に金を渡してやってくれとおっしゃっておられましたが」

「先日の事件……」

というと、玉芙蓉が前の間夫《まぶ》に暴力を振るって訴えられかけている、あの件だろうか。

あれ以来、上杉からも誰からも特に何も言われなかったので、忘れたような気になっていたけれども。

「でも……あいつ、あの件で動く気はないって……」

見世《みせ》の顧問弁護士であって、娼妓個人のそれではないと言っていたのに。

「何故お気を変えられたのか、私にはわかりかねますが？」

じろりと睨まれ、玉芙蓉は口を噤《つぐ》んだ。下手に追及すれば上杉との関係に話が発展し、藪《やぶ》をつついて蛇《へび》を出すことにもなりかねなかった。

けれど鷹村の言うとおり、あの事件の絡みだとしても、何故それがこんな金を受け取れることになるのだろう。告訴されかけていたのはごっちだったはずなのに。

（いや……でも鷹村がこう言ってるんだし）

とはいうものの、上杉が人を介《かい》して玉芙蓉に手切れ金を渡そうとしたとしたら、本当の事情を仲介者に告げるとは思えない。特に仲介者が鷹村ならなおさらだった。

（あの事件に託《かこつ》けて、やっぱり手切れ金を？）

「さあ、署名を」

鷹村は促してくる。

けれど渡されたペンを、玉芙蓉は受け取ることができなかった。

封筒も領収証も放ったままで、席を蹴る。

「玉芙蓉……！」

「ちゃんと説明受けるまでは受け取らないって、あいつに言っといて」

言い捨てて、玉芙蓉は鷹村の部屋をあとにした。

そののちも、上杉は見世に姿を現さなかった。

（どうして来ないんだよ？）

洗い髪を拭かせて乾かし、緋襦袢《ひじゅばん》の上に小袖を重ね着して、その上から豪奢《ごうしゃ》な仕掛け。部屋付きの新造《しんぞう》や禿《かむろ》たちに手伝わせ、座敷へ出る支度をしながら、玉芙蓉は上杉のことを考えていた。

こんなにもあいだが開いたことは、上杉との関係ができてからは一度もなかったような気がする。

ただ娑婆《しゃば》の仕事が忙しいだけならいい。けれど鷹村が渡そうとした金のことや、前の逢《おう》瀬《せ》の別れかたを思い出すと、心がざわついてならなかった。

（このあいだは、起きたらあいつはいなくて……）

一人で身繕いをして、部屋へ戻ったのだ。ひどく苛《さいな》まれたあとで客をとる気にもなれず、結局そのまま見世は休んでしまった。

——一度くらい、私のために身揚がりしてみなさい
上杉の声が耳に蘇る。

勝手なことを、と思うのに、何故だかあまり腹は立たなかった。それどころか、そんな科白に独占欲のようなものを感じてくすぐったくさえあった。

認めたくはないが、めずらしく強引に奪われて、少し嬉しかった。それなのに。

(そういえば……女、いるんだよな、あいつ)

吉原の外のことは外のことだと、気にしないつもりだったけれども。

(それに、蜻蛉《かげろう》にも手ぇ出してたかも)

思い出すと、更に暗澹《あんたん》とした気持ちになった。

蜻蛉はともかく、婆婆にそういう相手がいる以上、玉芙蓉とのことは勿論遊びなのだろう。それでかまわないと思っていたし、自分だって間夫が切れたあいだのつなぎ、くらいの気持ちではじめたことだった。

(——だからって、いきなり手切れ金はないだろ)

それとも、金をくれるだけましだと思うべきなのだろうか。少なくとも奪っていくよりは。

(でも、馬鹿にしてる。いくら俺が約束を破ったからって)

そのことは悪かったと思っているけれども。

(それに、なんか……言い過ぎたかもしれないし)

——俺が誰とつきあおうが、好きになったからつきあっただけで、昔のことなんて関係ない！　あんたにも関係ない……！

昔のことも父親のことも、記憶を手繰《たぐ》るのが怖くてたまらなかったのだ。

けれど彼に言われたことは、逢えないあいだにじわじわと玉芙蓉の中に浸透《しんとう》してくるようだった。

（どうしよう……あいつが本気でもう逢わないつもりだったら）

はっとそんなことを思いついてしまう。もし彼に見捨てられていたら。

（畜生、なんで……仕事があるんだから、見世に来ないはずないじゃないか。来たら逢えるし――）

もし向こうに既にその気がなかったとしても、逢えさえすればいくらでも誘惑できるはずだった。何もなかった頃ならともかく、もう何度も関係を持った今なら、からだの相性の悦《よ》さはわかっているはずなのだ。

（そうだよ……そもそもあんなに身揚がりを怒るなんて、ちょっとは俺に気があるってことなんじゃないか？　だったら見世に来さえすればいくらでも……）

だけどもし、彼が見世を辞めてしまったら？

唐突にそんなことを思いつき、玉芙蓉は心臓を握り潰されたような痛みを覚えた。

彼にとっておそらくこの見世の仕事は、失って惜しい質のものではない。外の世界にも事務所を構えているし、仕事も十二分にあると聞いていた。嫌気が差せば、彼はいつだって花降楼《はなふりろう》の顧問弁護士を辞めることができるのだ。

（……って、そうなったって、どうってことないはずじゃないか。あいつは間夫でもなんでもないんだから）

そう思うのに、ますます鼓動が激しくなる。

（どうして？）

今の玉芙蓉の間夫が誰なのかといえば、身揚がりまでしてしまった小松《こまつ》、ということになるのだろう。

だったら上杉はなんなのか――。

「玉芙蓉」

そのときふいに声をかけられ、玉芙蓉ははっと振り向いた。

鷹村だった。彼が色子の本部屋を訪ねるのはめずらしいことだった。

「……何だよ？　このあいだの件なら――」

上杉からきちんとした説明を受けるまでは金を受け取るつもりはない、と言おうとした。

けれど鷹村はまるで違うことを口にした。

「小松様が、今日登楼したいとのことですが……どうします」

「え……」

「それとなく探ってみたところ、花代はお持ちではないようですが」

「……」

つまりは小松は、玉芙蓉が払うことを期待しているということだった。

――あの男が飲み屋であなたのことをなんと吹聴していたか知っていますか……？

上杉の言葉が耳に蘇る。

あんな話を聞いたからだろうか。間夫であるはずなのに、何故だか登楼すると言われても、少しも嬉しくなかった。むしろ嫌悪感さえ覚えてしまうほどだった。

――あなたのは恋愛じゃない
――……恋愛じゃない……？

――このあいだ身揚がりした客も、その前の間夫も、愛していたわけではないのでしょう……？

もし小松のことが本当に好きなら、こんなふうに嫌悪感を抱いたりするだろうか？　いくら身揚がりを要求されたとしても、逢えるというだけでもっと嬉しいものではないだろうか。

（逢いたくない。……だけど断ったら）

――死にはしませんよ。そう簡単にはね
（本当に？）

上杉との会話が頭の中をぐるぐると回る。

――他人を無闇に甘やかすのは、いいことではありませんよ。人間としてだめになる

それでも、罪悪感は玉芙蓉の中で消えてなくなってはくれない。

――どんなに似ていようと、あなたのお父さん本人ではないのですからね

「……玉芙蓉」

――約束ですよ……？

（もしこれがあいつだったら？）

と、玉芙蓉は考えた。

娼妓に身揚がりをさせるような男はろくなものではないと言っていた上杉が、玉芙蓉にそれを強《し》いることはありえない。けれどもし彼が、金を払うのなら見世にもまた来るし、関係を続けると言ったら。

　来て欲しい、と玉芙蓉は思った。

（逢いに来て欲しい。――このまま逢えなくなるなんて）

玉芙蓉は、小指をぎゅっと折り曲げた。

（もう一度身揚がりを許したら、今度こそ本当にあいつを裏切ることになる……？）

今さら約束を守っても、遅すぎるのかもしれない。けれどこれ以上、上杉を裏切りたくなかった。

「……お断りしてくれ」

と、玉芙蓉は言った。

口にした途端、何故だか不思議なほどほっとして、からだじゅうが楽になったような気がした。これでいいんだと思えた。

「承知しました」

鷹村は答え、去っていく。

玉芙蓉は晴れ晴れとした気持ちだった。

そのとき入れ違うように、他の傾城《けいせい》付きの禿が玉芙蓉の部屋を訪れた。

「今日のぶんのお手紙です」

と、禿は何通かの手紙を置いていく。

玉芙蓉は受け取って、裏書きを確かめた。当然ながらほとんどすべてが客からのものだが、そのうちの一通に玉芙蓉はふと目を留《と》めた。

(――……？)

白い封筒には差出人の名前はなく、切手も貼られていない。宛名書きも手書きではなかった。

手で封を切り、中の手紙を取り出す。

素っ気《そけ》ない白い紙に印刷された一行だけの文章を読んで、玉芙蓉は息を呑んだ。そして衝動的に口にする。

「——ちょっと出掛けてくる」

「えっ？　でももう……」

見世が開く時間なのに、と着替えを手伝っていた新造たちが驚いて声をあげた。

玉芙蓉は聞かずに部屋を飛び出した。

*

日が暮れた頃、上杉は吉原の仲の町通りを歩いていた。

花降楼を訪れるのはずいぶんひさしぶりになる。

もっと早い時間に来るつもりだったにもかかわらず、ほかの仕事が長引いて、予定よりだいぶ遅くなってしまっていた。

角を曲がると、提灯《ちょうちん》の明かりが見えはじめる。

見世の前では、禿たちが着物の裾《すそ》をからげて仲良く遊んでいた。地面にいくつか丸を描き、石を置いて片足で跳んだりする懐かしい石蹴り遊びだ。

茶髪のと黒髪のと、見覚えのある玉芙蓉づきの禿たちだった。

「あ、今、足ついた」

「ついてない……！　てゆーか、しゃがみ込んで見るのやめろよ、セコいぞ……！」

「だっていい眺めなんだもーん」

「はあ？」

他愛もなく言い争う姿が微笑ましい。容姿も極めて可愛らしいからなおさらだった。けれどこの時間はこの子たちも忙しいはずなのに、何故こんなところで遊んでいるのだろう。

怪訝に思いながら近づけば、しゃがんでいた茶髪の禿が顔を上げ、立ち上がった。

「あれ？　上杉先生」

「こんばんは」

上杉はやや身を屈めて挨拶する。禿は首を傾げた。

「こんばんは……傾城《けいせい》は？」

「玉芙蓉さんのことですか？」

聞き返すと、失敗したかな、という顔をする。

今頃なら玉芙蓉は、客の座敷に侍《はべ》っているはずの時間だった。なのに彼の言い方は、まるで上杉が玉芙蓉と一緒にいると思っていたかのような口ぶりだった。

「今のはどういうことかな？」

禿は困ったような顔をする。

「ええとその……いそいそ出掛けてったから、てっきり先生と会うのかと思ってたんだけど」

禿にまでそんなふうに思われているとしたら、考えなければならない問題だった。

けれどそれ以上に引っかかったのは、玉芙蓉が自分ではない誰に会いに、いそいそと出掛けていったのかということだ。

相手は間夫以外には考えられなかった。

＊

恋の神様を奉《まつ》る吉原神社の祭壇《さいだん》の前で、玉芙蓉は落ち着きなく周囲を見回していた。けれど陽の落ちた境内《けいだい》には人気《ひとけ》は見あたらない。
(手紙には、いつとは書いてなかったけど)
——吉原神社で待つ、上
書いてあったのは——否《いな》、打ち出してあった文章は、それだけだった。でも。

（上……って、上杉の上だよな……？）

上杉から手紙をもらったのは、初めてのことだった。見世の誰にも秘密の関係だから、人目についたり、証拠を残したりする可能性のあることは、極力避けてきたからだ。

だから手紙に裏書きがなかったのは納得できたが、何故彼がいきなりこんな手紙をくれたのか、いつものように部屋で逢おうとしなかったのかはわからなかった。敢《あ》えて外で逢いたい理由でもあるのだろうか？

（でも、ともかく別れたいわけじゃなかったんだ）

そうとわかったらほっとした。

（外で逢う理由なんて逢ってから聞けばいいんだし）

そう思って、手紙をしまった胸もとをそっと押さえる。

そのときだった。

「玉芙蓉」

ふいに後ろからかけられた声に、玉芙蓉はびくりとした。

それが上杉の声ではなかったからだった。

玉芙蓉は恐る恐る振り向く。

そこには、今日身揚がりを断ったばかりの間夫の姿があった。

「小松様……どうして」

彼が何故ここにいるのかと、玉芙蓉は眉を寄せてしまう。小松は薄笑いを浮かべた。

「おまえが顧問の上杉弁護士とできてるって噂は、やっぱり本当だったんだな。あんなお粗末《そまつ》な手紙でころっと騙《だま》されるとは、焼きが回ったじゃないか」

かっと頬が熱くなった。あの手紙は、小松が上杉の名を騙《かた》って出したものだったのだ。いや、実際には「上」とあっただけで、騙ってさえいなかった。

小松の言うとおり、馬鹿だった、と思う。

けれど騙されたこと自体より玉芙蓉にとって重かったのは、上杉が手紙をくれたわけではなかったのだという事実のほうだった。あれが偽物《にせもの》だったということは、やはり彼からの連絡は途絶えたままだということになるのだ。

それなのに、浮かれてこんなところまで来てしまったなんて。

「帰ります……！」

玉芙蓉は踵《きびす》を返した。

その途端、仕掛けの袖を摑まれた。

「待てよ……！」

「放してください……!!」

けれど相手は手を放してはくれなかった。

「なんでいきなり身揚がりを断ったりなんかしたんだよ!?　俺に惚れてんじゃなかったの

かよっ」

「……ッ！」

手首まで強く摑まれ、強い痛みが走った。

惚れてる、という言葉には、やはりどうしても違和感を感じずにはいられなかった。

身揚がりまでしたはずの男なのに、どんなに自分の心に問いかけても、惚れているという言葉はしっくりこないのだ。

それどころか、触れられている手に鳥肌さえ立って。

——いい加減、自覚しなさい……！

上杉の真摯《しんし》な声が再び耳に蘇る。

（やっぱり違う）

と、玉芙蓉は思った。

これは「惚れている」という感情ではありえない。

このあいだ身揚がりしてしまったのも、好きだからではなかったのだ。ただ、どこか父親に似た男に縋《すが》られると振り切れなかっただけで——父親みたいに死なれてしまうのが怖かっただけで。でも彼は父ではない。

（……じゃあ、俺が好きなのは……？）

「なあ玉芙蓉、金を貸してくれないか」

「え？」

ふいにかけられた言葉に、玉芙蓉は顔を上げた。

「追証《おいしょう》払わなけりゃならないんだ。頼むよ……！」

追証とは、相場の変動により損が出た場合に払わなければならない信用取引における追加金のことだ。

小松は跪《ひざまず》き、玉芙蓉に縋りついてきた。

「頼む、この通りだ。おまえだけが頼りなんだ!!」

彼を見下ろしながら、ああ……前にもこんなふうに言われたんだった、と玉芙蓉は思い出していた。彼はこうして縋りさえすれば、他人から金を引き出せると思っているのだ。

そしてそれを学習させてしまったのは、ほかならぬ玉芙蓉自身でもある。

「……悪いけど」

脳裏に浮かぶ暗いアパートの残像を振り払い、玉芙蓉はそう告げた。

小松から離れ、見世へ戻ろうとする。

けれど彼はまだ玉芙蓉の袖を摑んだままだった。

「放してください」

「おまえのせいじゃないか!!」

彼は叫んだ。

「おまえがこのまえ金なんか貸すからじゃないか!!　あのとき諦《あきら》めていれば、こんなことにはならなかったんだ……！　責任とれよっ！」

あまりにも身勝手な科白だった。

けれどこの論理には、ひどく既視《きし》感がある。以前の間夫たちから何度も聞かされたのと、同じ思想を持ったものだったからだ。

これ以上聞いていたくなかった。

玉芙蓉は無理矢理小松の手を袖からもぎ放させる。

勢い余って尻餅《しりもち》をついた彼は、ふいに懐《ふところ》から光るものを取り出した。

それを見て、玉芙蓉は息を呑む。まだ真新しい出刃包丁《でばぼうちょう》だった。

「おまえが貸してくれなかったら、俺はどうせもう終わりなんだ……！」

「ちょっ……」

「一緒に死のう」

死という言葉に、背筋が冷たくなった。

小松は包丁をかまえたまま立ち上がる。

玉芙蓉はじりじりと後《あと》ずさった。そしてはっと踵を返す。

その途端、また振り袖を掴まれた。強く引かれ、石畳《いしだたみ》に転ばされる。布の裂ける音が境内に響いた。

包丁を振りかざされ、玉芙蓉は息を呑んだ。ぎゅっと目を閉じる。

（殺される……！）

けれど切っ先は降りてはこなかった。

玉芙蓉は恐る恐る瞼《まぶた》を開けた。

その途端、目に飛び込んできたのは、包丁を振り上げた小松と、その後ろから腕を掴む上杉の姿だった。

「……っ……」

彼は小松の手首をぎりぎりと締め上げる。

ついにその手から包丁が落ちた。

上杉が小松を解放すると、彼は石畳に崩れ落ちた。

上杉は懐からハンカチを取り出し、それに包んで包丁を拾い上げる。

「この包丁は、証拠品として押収《おうしゅう》します。今後この人に近づいたら、殺人未遂《みすい》で告発しますよ」

「貴様……！」

小松は立ち上がり、包丁を奪い返そうと上杉に掴みかかっていった。上杉はそれをかわし、小松の背に肘《ひじ》を叩き込む。

男はふたたび地面に転がった。

「貴様誰だよ⁉」

「申し遅れましたが、弁護士の上杉という者です」

上杉は包丁を鞄《かばん》にしまうと、かわりに名刺を取り出して小松に差し出した。

小松は再び尻餅をついた格好のまま、それを受け取った。

「弁護士……じゃああんたが」

玉芙蓉との噂のことは知っていても、顔は知らなかったらしい。小松は呆然と呟いた。

「だいぶお困りのようですが、名刺の番号にお電話くだされば、法的に解決するご相談には乗れますよ」

小松は悔しさを隠しきれないようすで上杉の名刺を見つめる。

「それとも、今ここで逮捕されたいですか？　現行犯なら、警官でなくても逮捕できますが」

上杉はそう言って、暗《あん》に行けと促す。

小松は起き上がり、逃げるように神社を出て行った。

それを見送り、上杉は座り込んだままの玉芙蓉のほうへ視線を落としてくる。そして仕掛けがはだけ、襦袢まで乱れたその姿にため息をついた。

「これはまた色っぽい格好ですね」

「悪かったな」

玉芙蓉は顔を背ける。

「怪我《けが》はありませんか？」

「……別に」

真っ先に、助けてもらったお礼を言わなければならないと思うのに、あからさまに呆れた態度をとられ、言えなくなった。彼が呆れるのはもっともだとは思うけれども。

「どうしてここがわかった？」

「あなたの部屋の禿に聞いたんですよ。小銭入れだけを握り締めて出たから、吉原神社かもしれないとね。たしか綺蝶《きちょう》と言ったかな……目端《めはし》の利《き》く子だ。きっといい傾城になる。……一度部屋を出て、すぐにわざわざ取りに戻ったそうですね」

「……」

玉芙蓉は憮然《ぶぜん》とうつむいた。

自分でもどうしてそんなことをしたのか、よくわからないのだ。ただ、吉原神社は恋の神様でもあるというのを思い出したら、なんとなく巾着《きんちゃく》を取りに戻っていた。

「立てますか？」

上杉はそう言って手を差し出してくる。それに摑まって立ち上がると、彼は汚れた仕掛けの裾を払ってくれた。

「……本当に馬鹿ですね、あなたという人は。まだああいう手合いに引っかかっているなんて……私が来なかったらどうなっていたと思うんです。もっと自分を大事にすることを考えないと」

「……」

引っかかろうと思って引っかかったわけではない、と言いたかった。けれどそれを言えば、どうしてここへ来たのかを白状しなければいけなくなってしまう。

黙り込む玉芙蓉に、上杉はまたため息をついた。

「余計なお世話でしょうから、もう何も言いませんけどね」

「……っ」

玉芙蓉ははっとした。

彼の冷たい声に、今度こそ見捨てられるのだと思った。その瞬間、心臓を押し潰される思いがした。たしかに自分でも、馬鹿だったと思うけれども。

「違う……」

「何が違うんです」

「……だから……あれ以来、あんたを裏切るようなことはやってねーよ……っ」

裏切る、という言葉を使うのは、少し違うような気もした。約束を破ったのは事実だが、そういう言い方をしたら、まるで上杉と何か特別な関係にでもあるかのように聞こえてしまう。

けれど上杉は、ほう、と感心したように言った。

「裏切ったという自覚はあったわけだ。だがもう一歩及びませんね。見世の外でなら、間夫と逢っても問題ないとでも思っているのですか？」

「だって……っ」

もう、これ以上ごまかすことはできなかった。

「あんたの手紙だと思ったから……！」

「え……？」

上杉が顔を上げた。

切れ長の目を見開いて玉芙蓉を見つめる。視線がぶつかると、何故だか頬が熱くなり、玉芙蓉は顔を逸らした。

上杉はゆっくりと立ち上がった。

「……どういう意味です、それは」

「……」

「玉芙蓉さん？」

彼は強く促し、玉芙蓉の肩を摑む。

知られるのは、ひどく恥ずかしいことだった。けれど本当のことを言わなければ、彼を永遠に失ってしまうような気がした。

「……部屋に手紙が届いて……」

「どんな手紙です？」

「ここで待つっていう。……あんたがくれたんだと思ったんだよ。だから出てきたんだ。どうせ馬鹿だよ、俺は……!!」

あんなに簡単に引っかかるなんて。

そしてこんなことになるなんて。

「……今、その手紙を持っていますか？」

「……」

玉芙蓉は仕方なくそれを懐から取り出し、上杉に手渡した。

上杉は受け取って中の紙を抜き出した。広げて、文面に目を通す。

「……本当に、馬鹿ですね……」

そしてそう呟いた。

「こんな署名もない、印刷したような代物《しろもの》に騙されるなんて。私が何故こんなものであなたを呼び出さなければならないんです？」

「わ……悪かったな……！」

そんなことは言われなくてもわかっていた。今となっては、自分でも本当に馬鹿だったと思っているのだ。

だからといって、そこまで言うことはないのではないか。

けれど上杉は、ふいにくすりと笑った。

「……馬鹿だけど、私にとってはとても可愛い人ですよ」

「え……」

顔を上げた途端、唇が降りてきた。

「んっ……」

ひさしぶりにふれる上杉の接吻に、胸がじんと熱くなった。

（よかった……）

もう二度とこうしてふれることはできないかもしれないと思ったのだ。

「ん、……」

しっとりと包まれるような口づけが次第に深くなる。

腰を抱き竦《すく》められ、玉芙蓉はその背中にぎゅっと腕をまわした。


それから、二人で石段に並んで座った。

「寒くありませんか」

「……そっちこそ」

「私は大丈夫ですよ」

着物を重ね着している自分より、スーツだけの上杉のほうがよほど寒いのではないかと思うのだが、彼は玉芙蓉のほうを気遣《きづか》ってくれる。

「……なんでずっと来なかったんだよ」

「忙しかったんですよ」

「……」

嘘をつけ、という気持ちを込めてじっとりと見上げれば、上杉は続ける。

「ちょっとはお仕置きの意味もありましたが」

(やっぱり)

と、玉芙蓉は思う。言ってやりたい恨《うら》み言《ごと》は山ほどあった。

「この俺を何週間も放っておくなんて、何様のつもりなんだよ?」

「それはすみませんでしたね。……もう二度としませんよ。放っておいて、あなたがまた変な男に引っかかってはいけませんからね」

軽く当てこすりを言われ、玉芙蓉はふんと鼻を鳴らした。

「でも、忙しかったのは別に嘘ではありませんよ。今もですが、いろいろと外での仕事が立て込んでいたのでね。前回も短い空き時間を縫《ぬ》って来ていたので、あなたが起きるまで

いてあげられませんでしたが……」

「へえ、そう。俺はてっきりわざと俺が寝てるあいだに帰ったのかと思ってたけど」

「起こしてさしあげたほうがよかったですか？　ずいぶんよく眠っているようだったので、それも可哀想だと思ったのですが」

眠っていたんじゃなくて、気を失っていたと言うべきなんじゃないのかと突っ込みたい気持ちに駆られながら、玉芙蓉は気恥ずかしくて口にできなかった。

「……私がいなくて、寂しかったですか？」

「誰がだよ……！　自惚《うぬぼ》れるんじゃねーよ！」

反射的に声を荒げ、はっとする。こんなふうに動揺したら、図星だと言ったも同じではないか。

上杉は喉で笑っている。

本当は、目を覚まして上杉がいないことに気づいたとき、肌寂《はださび》しいような、たまらなく不安な感じを覚えた。そのまま離れてしまうのが怖くて、じきに戻って来るかも知れないと思いながら、しばらくは部屋で待っていた。けれど彼は帰って来なくて、取り残されたような寂しい気持ちになった。

でも、そんなことを告げるつもりはないのだ。玉芙蓉は、ごまかすように憮然と呟いた。

「ま……手切れ金にしては安すぎるとは思ったけど」

「手切れ金？」

「……あんたが鷹村に預けていった、あの金のことだよ」

上杉は微かに瞠目《どうもく》する。

「何を言って……あれが何の金かは鷹村さんに聞いたでしょう？」

「俺が前の男を殴った件に関する金だってことだけは聞いたけど、鷹村は具体的なことは何も言わなかったし、もともとあれは俺のほうが示談金《じだんきん》を払わなきゃならないって話だったじゃないか。なのになんでもらえるのかわからなかったし、あとで改めて説明するって言うくらいなら、なんであんたが直接渡さないのかもわからなかったし……、名目《めいもく》がなんにしろ、あんな纏《まと》まった金くれるのなんて、普通は手切れ金しか考えられないだろ……！」

間夫の中には、廓《くるわ》通いが親や家の者にばれて別れさせられた相手もいた。勘当《かんどう》されたはずの親から手切れ金が届き、初めて勘当が嘘だったのだとわかったこともあった。

「あなたという人は……」

上杉の目が、同情を込めて眇《すが》められる。

「あなたがどれほど男運の悪い人だったのか、忘れていました。まあほとんど自業自得《じごうじとく》のようなものですがね」

「なっ――」

「なるほど。それで受け取らなかったわけですか。……私と別れたくなかった？」

くすりと上杉は笑った。

「そ——そういうんじゃねーよっ！　ただ、いきなり手切れ金なんか突きつけてくるやり口が気に入らなかっただけで……！」

「ではそういうことにしておいてあげましょう」

と言いながらも、目が笑っている。全然信じてはいない感じだった。

玉芙蓉は憮然と顔を逸らす。

「あれはあの男があなたから盗んだぶんの金ですよ」

と、上杉は言った。

「え……」

……そういえば、鷹村の部屋では正確な金額までは確かめなかったが、ちょうどそれくらいの額だっただろうか。

「先にそれだけでも渡してあげようと思ったんです。手許が不自由だったんでしょう？」

恥ずかしい話だが、その通りだった。身揚がりしたり散々貢《みつ》いだりしたあげく、当座のために用意していた現金まで盗まれて、玉芙蓉の懐具合はかなり厳しいことになっていたのだ。

「あの日、渡すつもりで見世に持っていったのですが、ああいうことになって時間もなくなってしまったものですからね。鷹村さんに頼んだんです。なのにそんな誤解をされてしまうとは……」

やれやれと上杉は芝居がかった調子で首を振った。

「そ……それならもっとはっきり言付《ことづ》けしてくれればいいだろ！　あんなんじゃ全然わかんねーよ……！」

「目こぼしするのも限界だと鷹村さんに仄《ほの》めかされたところだったんですよ。あまり詳しく説明して、彼を刺激したくはなかったのでね」

たしかに、見世全体の顧問弁護士である上杉が、見世の意向に反して一色子《いろこ》のために動いた——ということを知れば、鷹村としてはその特別な関係を見過ごすわけにはいかなくなるかもしれないけれども。

玉芙蓉は邪推《じゃすい》していたことについて、少しだけ申し訳なく思う。

「それで……あの金、どうやってあいつから取り返したんだよ？」

「あの男が盗みを働いたという証拠を集めたんですよ。蜻蛉や、あのとき見世にいた他の妓にもあの男は戻ってきたところを目撃されていましたしね」

「じゃあ蜻蛉を部屋に呼んだのは……」

「話を聞くためですが……何か？」

「え、いや何でも」

玉芙蓉は笑ってごまかす。

（そこまで変態じゃなくてよかった……）

上杉は怪訝そうな顔をしながら続けた。

「それに、致命的だったのは簞笥《たんす》の中にあった簪《かんざし》まで盗んで質屋《しちや》に売りさばいていたことです。お粗末もいいところですね。犯罪者としても半端《はんぱ》だったわけだ」

「……」

それはまた、それほど杜撰《ずさん》な真似《まね》をしても、玉芙蓉が彼を捕まえようとしたり訴えたりすることはないと侮《あなど》られていたということでもある。そう思わせたのは自分自身でもあり、玉芙蓉は自分に腹が立った。

「書類をそろえて突きつけました。逆に告訴されたくなかったら、どんな手を使ってでも盗んだ金を返し、示談金を払えとね。彼は親に泣きついて拒絶され、結局は売れるものを全部売ってどうにか金をつくったようですよ」

「そうか……」

「示談金についてはまだこれからですが、あの調子では分割《ぶんかつ》払いになることもありえますね」

「別に盗まれた分だけ返してもらえれば、示談金までは……。あんたにも、他のいろんなやつにも言われたけどさ、たしかに自業自得の部分もあるんだし」

ああいう男を甘やかしてつけあがらせたのは、自分自身なのだ。

「欲がありませんね」

上杉はふっと苦笑のような吐息をついた。

「とれるものはとっておきなさい。お金は娑婆へ出てからも邪魔になるものではないし、あなたはもっと自分の権利を大切にすることを覚えたほうがいい。……それにあの男も一生あああしてふらふらしているわけにもいかないのだし、これを機会にまともに働くようにでもなれば、却《かえ》って幸いかもしれませんよ」

上杉に諭《さと》され、玉芙蓉は頷いた。手を尽くしてくれようとしている上杉の厚意《こうい》を無にしたくなかった。

そういえば今まで、自分を大事にするなどということを、考えたことがあっただろうかと思う。自分自身を大切にするという意識があれば、あんなにもろくでもない男ばかりに引っかかり続けることはなかったのではないだろうか。

「……あのさ、父さんのことなんだけど……」

前はあんなに話すのが嫌だったのに、今は上杉に聞いてもらいたいと思う。自分が不思議だった。

「俺が物心ついた頃は、いつもばりっといい服を着て、いい車を乗り回してるような格好いい男だったんだ。……でも事業に失敗して母さんが出て行ったあとは、無気力になって遊んでばっかいるようになって」

玉芙蓉は、子供の頃はそれなりに裕福な家庭で育ったのだ。

生家は昔から衣料品などを扱う店をいくつか経営しており、父は玉芙蓉が小学生のときにその何代目かの社長を引き継いだ。けれどももともと彼にはたいした経営手腕はなく、景気のいい時代にはそれなりに上手《うま》くいっていた事業も、世の中が不景気になるとあっというまに傾き、倒産に至った。

それと同時に母親は父と離婚し、家族を捨てて出て行った。

残された父と玉芙蓉は家や土地やすべてを手放し、二間《ふたま》しかない狭いアパートで残った借金を返しながら暮らすことになった。

それまで貧乏というものを知らなかった二人にとって——特に贅沢《ぜいたく》好き浪費好きの父にとって、その生活は辛《つら》いものだったらしい。せっかく勤めを決めてもすぐに辞め、女やパチンコに溺《おぼ》れるようになった。

「ほとんど俺が養《やしな》ってたんだ。歳をごまかして夜の店で働けばチップもらえたし、このあいだ話したコンビニの奴とか、いろいろ貢いでくる奴もいたからさ。……って言っても犯《や》らせてたわけじゃないんだぜ。ただもててたって話。男にからだ売るなんて冗談じゃないってその頃は思ってたしさ。……でもやっぱ子供だからたいした稼ぎはなくて、親父はそれが不満だったんだと思う」

当時のことを、玉芙蓉は苦く思い出した。

「……あんた、甘やかされすぎると人は人としてだめになるって言っただろ。あれ、ほんとかもしれないって思う。……親父だって最初はあそこまでじゃなかったはずなのに」

長続きはしなかったが、それなりに職を見つけようと努力していた時期だってあった。

「だけどある日、親父は俺を売ろうとしたんだ」

──そんなに男が好きなら、おまえにとっても悪い話じゃないだろ。父さんを助けると思って
父はそう言ったのだ。

「信じられないだろ。知らないあいだに更にヤバイとこに借金つくってたらしくてさ」

「……ひどい話だ」

上杉はそう言って、そっと玉芙蓉の肩を抱き寄せてくれた。ぬくもりがじんと伝わってくる。

「……冗談じゃないって俺は言ったんだ」

──子供を売るなんて、何考えてんだよ……!!　この最低野郎!!　そんなんだから母さんにも見捨てられんだよっ!!

酒が過ぎて体力の落ちていた父を突き飛ばし、最低だと罵《ののし》った。

──店が潰れたからっていつまでめそめそしてんだよっ!!　おまえなんか男じゃねーよ、俺はもうあんたと暮らすのはごめんだから!!

飛び出して、そのまま一週間以上家に帰らなかった。そして戻ってきたときには、父は死んでいたのだ。

散々飲んで、自分が吐いた吐瀉物《としゃぶつ》で窒息《ちっそく》して。

「もともとあんまり酒には強くなかったんだ。それだけが取り柄《え》と言ってもよかったくらい……体質的に受け付けなかったみたいで。なのにあの日に限ってあんなに飲むなんて……！」

玉芙蓉はぎゅっと目を閉じて、脳裏からその光景を追い払おうとする。

「俺が見捨てたと思って自棄《やけ》になったんだ……！　もう父さんには俺しかいなかったのに……!!」

「俺に見捨てられたと思ってあんなに飲んだんだ。俺のせいで死んだんだ……!!」

「玉芙蓉さん……」

「玉芙蓉……！」

上杉はぎゅっと玉芙蓉を抱き締めてきた。

その途端、涙が溢《あふ》れてきた。

抱き寄せられるままに胸に頭を凭《もた》せ掛ける。気持ちがよくて離れられなくなる。

「……俺が傍にいたら、病院にも連れて行けたのに」

そうしたら父は死なずに済んだかもしれないのだ。

けれど現実には深酒で具合を悪くしても、彼の傍には誰もいなかった。死んでしまうしかなかった。

そして結局、彼が亡くなっても、悪い筋にはまだ多額の借金が残っていたのだ。

その形《かた》に、玉芙蓉は花降楼へ売られて来なければならなかった。

「どうせ売られるなら、父さんが生きてるうちに売られてやればよかった。そうすれば父さんは」

「あなたは悪くありませんよ……！」

上杉は玉芙蓉を抱いたまま、めずらしく強い口調で言った。

「親に遊廓に売られそうになって、はいそうですかと受け入れる子供がいると思いますか。そんなことを考えた親のほうが悪いんです。なんと罵倒《ばとう》されても当然なんですよ。お父さんが亡くなったのは、あなたのせいじゃない」

「俺のせいじゃない……？」

上杉の声が胸に染みてくる。

「ええ。不幸な事故だったんですよ」

「そう思う……？」

「ええ」

上杉は力強く言ってくれた。

（俺のせいじゃない）

決してその一言で納得できたわけではなかった。

けれど玉芙蓉は、心のどこかがふっと楽になったような気がした。

じわりと視界が滲《にじ》んでくる。

「……そう言って欲しかったんだ……」

他の誰でもない、上杉に言って欲しかった。彼がそう言ってくれたから、過去に縛られていた心が解放されたのだと思う。

上杉が溢れる涙を吸い取り、右目の下のほくろに口づけてきた。

「そ——そういえばさ」

落ち着いたのは、ずいぶんたってからのことだった。だいぶ泣いて、おかげで何かが洗い流されたような不思議な気分だった。

照れくささをごまかすように上杉のシャツで涙を拭い、玉芙蓉は彼の胸から顔を上げた。

「……あの……こういうのも弁護料って言うのかな。俺はいくら払えばいいんだ？」

盗まれた金を取り返してもらったうえに、示談のこともある。感謝の気持ちを、せめていくらかでもかたちにしなければならないと思う。

以前、彼は、

――私は高価《たか》いですよ
と言っていたけれども、玉芙蓉は相場を知らなかった。

「あなたは本当にわかっていませんね」

少し憮然と上杉は答えた。

「いりませんよ」

「でも」

「いいと言っているでしょう？」

そしてふと、何か思いついたように小さく笑った。

「どうしてもというのなら、からだで返していただきましょうか」

「えっ？」

そういう答えが返ってくるとは思っていなくて、玉芙蓉は少し驚いた。

それならそれで異存はないが、既に何度も情を交わしている仲で、わざわざからだでというのはどういう意味なのだろう。

「何度もただで犯らせてやってるじゃんか」

首を傾げて玉芙蓉が言うと、上杉はため息をついた。

「もう少し情緒的な言い方ができないものでしょうかね？」

「悪かったな……！　あ、そうだ」

玉芙蓉はふと思いつく。

「なんかやってみたい特殊なプレイでもあるのかよ？　だったら、この際どんな変態くさいことでもつきあってやるけど？」

それが上杉の望みなら、どんな目にあわされてもかまわないと思う。玉芙蓉としては、自分なりに感謝の気持ちを表そうとしたつもりだった。金を取り戻してくれたことというより、上杉が自分のために無償で動いてくれたことが嬉しかった。

けれど上杉は額に手を当ててため息をつく。

「……まあ、そのお誘いも大変魅力的ですがね。残念ながら、私は変態プレイには興味がないのですよ」

(ほんとかよ)

ちょっと疑わしく思いながら、玉芙蓉は促す。

「じゃあ何だよ？」

上杉は唇を開いた。

「私に落籍《ひか》されてくれますか」

「え……!?」

玉芙蓉は思わず声をあげていた。

「決して不自由はさせませんから」

落籍せるとは、要は身請《みう》けをするということだ。

上杉がそこまで考えてくれているなどとは思ってさえいなくて、玉芙蓉は耳を疑った。

それに。

「そんなに驚かないでください。対象外だと言われているようで、傷つきますよ」

「え、いや、ちが……そうじゃなくて……！」

対象外といえば、客でない上杉はたしかにそうなのだけれど。

「だってあんた、女がいるんだろ……⁉」

否、妻がいても娼妓を身請けして囲う男は少なくないけれども。

上杉がそういう男だとは思わなかったのに。

「誰がそんなことを言いました？」

と、上杉は言った。

「誰って、あんただよ……！　食事をつくってくれる人がいるって言っただろ……！　俺とはまるで違うタイプの」

留置場に迎えにきてくれたあと、カツ丼を食べながら上杉自身が口にした言葉だった。

「いますよ。通いの家政婦さんが週に三度、夕食をつくりに来てくれています」

「な……」

　玉芙蓉は絶句した。

「嫉妬しましたか？」

　上杉はさらりと言って人の悪い微笑を浮かべる。

（絶対わざとだ……！）

　玉芙蓉に嫉妬させるつもりで、わざと誤解させるような言い方をしたに違いないのだ。本当に、なんていい性格をしているのかと思う。

　上杉は続ける。

「一応、あとで本当のことを言おうとはしたんですけどね。言いかけたときにあなたが遮《さえぎ》ったので、まあいいかと」

　絶対、それもわざとだと思う。

　けれどそんな性格も、何故だか憎《にく》めないのだ。

「前に、何故この見世の顧問弁護士を引き受けたのかと聞きましたね」

「ああ……」

　そんなことを聞いたこともあった、と思い出す。上杉に適当にはぐらかされてしまったけれども。

「あなたに出会ったからですよ」

「え……っ」

その言葉に、玉芙蓉は目を見開いた。

「花降楼の庭で、花の宴《うたげ》の日に。……覚えていませんか？」

「そ……そりゃ、覚えてはいるけど」

初対面から説教を食らったという上杉との出会いを、覚えてはいるけれども。

「最初はとても美しい人だと思って目を惹かれたんですよ。こういう人がいるのなら、男の遊廓というのも成り立つのかもしれないと……。でも、中味は外見とはだいぶ違っていましたね」

「……悪かったな」

憮然と呟く玉芙蓉に、上杉は小さく笑う。

「一目惚れ……というのかどうかわかりませんが、あなたに興味を惹かれたから、顧問弁護士の仕事を引き受けてもいいと思ったんですよ」

「……嘘ばっか、言ってんじゃねーよ」

「どうして嘘だと思うんです？」

「俺が誘っても靡《なび》かなかったくせに」

上杉はさらりと答える。

「当然でしょう。商品には手を出せないということもありますが、それ以上に、あなたときたら本当に切れ目なく男がいましたからね。二股《ふたまた》をかけられるのはご免《めん》です」

「は……それで俺が前の男と別れた瞬間、手を出したってわけかよ」

「ぐずぐずしていたらまた横からさらわれるでしょう？」

「はは……は」

ふいに込み上げてきて、玉芙蓉はからだを折り曲げて笑ってしまった。

そうしながら、はっと気づく。

――あなたのためでもあるんですから
と言って身揚がりを止めた上杉の言葉には、玉芙蓉のためでもあるが、上杉自身のためでもある――他の男への目移りを阻止《そし》しようとする意味が、含まれていたのだということに。

（ほんとに……意外と可愛いところがあるよな）

ひさしぶりにこんなに笑った、と思う。

「ごめん」

一頻《ひとしき》り笑ってようやく治まると、玉芙蓉は目尻に浮かんだ涙を拭った。

そして自分の気持ちにはっきりと気づく。いつからか、上杉のことを好きになっていたということに。

「私の家に来てくれますか」

二度目の問いかけに、玉芙蓉ははっきりと頷いた。

それからすぐ、見世に話が通され、玉芙蓉の身請けが決まった。

客でもなかった男、しかも見世の関係者に傾城が身請けされるという先例のない話は、ちょっとした騒ぎになった。

どうせ一年もすれば年季は明けるし、それまで頑張って働いて、借金も自分で返すと玉芙蓉は言ったが、上杉は聞かなかった。

――これ以上、あなたが他の男と寝るのを私に我慢しろとでも？

玉芙蓉は少し驚いた。

（意外と嫉妬深い男だったんだな）

――それに何より、一年以上も見世に出しておいたら、またどんな妙な男に引っかからないとも限りませんからね
悪かったな、妙なのにばかり引っかかり続けてて、と思う。

――甘やかすのはよくないんじゃなかったのかよ
――外へ出たら甘やかしませんよ
ともあれ見世のしきたりに従い、けじめをつけるために、上杉は玉芙蓉の許《もと》へ三度登楼

した。初会から裏を返し、馴染み客になるというかたちをとったのだ。

今さら馬鹿馬鹿しい……と、玉芙蓉は思ったが、上杉と改めてきちんとした席で対面するのは新鮮で、不思議と胸がときめいた。

――花降楼一の傾城を私のものにするのですからね。あなたが長年お職を張ってきた傾城として恥ずかしくないように、できるだけのことはさせていただくつもりですよ
そう言ったとおり、彼は馴染みになるために三度も通い、身請け金を払うのは勿論《もちろん》、玉芙蓉の借金を綺麗にしてくれて、三度目の今夜には総花《そうばな》までつけて盛大な別れの宴を開いてくれた。総花とは、見世中の皆に祝儀《しゅうぎ》を出すことをいう。傾城としては、見世の者にいい顔ができて鼻が高いが、大金がかかるため、上客でもめったにすることではなかった。

間夫――と上杉を呼ぶのも変な感じだが、そういう男にこうして貢いでもらうのは、玉芙蓉にとっては初めてのことだった。

「客」ではない、好きな男に金を出させることにどきどきする。まるでこっちが間夫にでもなったようだと思う。嬉しいような、本当にいいのかと心配になるような、変な気持ちだった。

「心配には及びませんよ」

と、宴会の上座で盃を傾けながら、上杉は笑う。二人の席には、入れ替わり立ち替わり、見世の者たちが挨拶に来ていた。

酒を飲む上杉が、玉芙蓉にはとてもめずらしくて、つい横顔をじっと見つめてしまう。

「あなたの上客だった方々ほどお金持ちではありませんが、これでもそれなりには稼いでいますから」

勿論、上杉は自分で事務所も持っているし、悪徳弁護士というわけではなくても、弁護士が高収入な職業であることは知っているけれども。

「……そういえば……」

ふと思いついて、玉芙蓉は聞いてみた。

「前に俺があんたと初めて犯ったとき、身揚がりにならないようにしてくれたこと、あったよな。どうやったんだ？」

「ああ……あれですか」

上杉は小さく笑った。

「別に奥の手があったわけではありませんよ。あの事件のことで半日拘束してしまったからと口実を設けて、私が普通に花代を支払っただけです。おかげで鷹村さんには怪しまれましたが」

「そうだったのか……」

今さらながら、上杉が自分のためにしていてくれたことを知り、玉芙蓉はじわりと嬉しくなる。

「まあ誘惑されたとはいえ、傾城に手を出しておいて対価を払わないというのもどうかとは思いましたしね。それを言い出すと、そもそも商品に手を出したことの是非という話になるわけですが」

上杉と玉芙蓉との噂は、依然消えてはいなかった。身請けにまで発展すれば当然のことではある。けれど廓のルールに反するその事実は、見世では頑《かたく》なに「なかったこと」として扱われている。

「でも、……あれは違うだろ」

上杉とのことは、玉芙蓉にとっては息抜きのような意味合いもあったし、客に対するようなもてなしはまるでしていなかった。それなりに傅《かしず》いてみせているのは、今夜が初めてと言ってもいいくらいだった。

「まあね」

と、上杉は微笑《わら》う。酒のせいで少し目許に赤みが差しているのが、玉芙蓉には何か妙に色っぽく見える。

「あの頃から、ずっと考えていたんです」

「……何を？」

「あなたを納得させて、身請けするということを」

「そんな頃から……？」

玉芙蓉はひどく驚いた。それはまだ、上杉が来るたびにいそいそと彼の部屋に通いながらも、玉芙蓉自身にはなんの自覚もなかった頃の話だ。

上杉の手が髪にふれてくる。それだけでも何かひどくどきどきした。

もしかして、ずっと忙しかったのだと言っていたことも、身請けと関係があるのだろうかと玉芙蓉は思う。

莫大《ばくだい》な金のかかる身請けと、その後の生活と。

――不自由はさせませんから
と、上杉は言っていたけれども。

(俺はほんとはそんなに贅沢《ぜいたく》な男じゃないんだが……)

大見世の傾城として十年近くも暮らしてきた割には、物欲はさほどないほうだ。ひどい貧乏も経験済みだし、多少の不自由など気にならないと思う――上杉と一緒に暮らせれば。

そう思ってふいにたまらなく恥ずかしくなった。

(な――何、小娘みたいなことを)

頬が熱くなり、ついぱたぱたと手で扇《あお》いでしまう。

なのに、上杉は更に追い打ちをかけるようなことを言ってくるのだった。

「今日はとても綺麗ですね」

「は……何言って」

「いつも綺麗ですが、着飾った姿を見るのはひさしぶりで、どきどきしますよ」

そういえばたしかに、色っぽいといえばそうとも言えるが、だらしないとも言えるような姿しか、ずっと彼には見せていなかった。

更に顔が赤くなったのが、見なくてもわかった。

「——玉芙蓉さん……？」

上杉が怪訝そうな顔で見つめてくる。

「……風に当たってくる……!!」

玉芙蓉はごまかして立ち上がった。

座敷を飛び出して、廊下に佇《たたず》む。

風が火照《ほて》った頬を気持ちよく冷ましてくれるのを感じながら、庭を眺めた。この庭も今夜で見納めかと思うと、少し寂しい。

「このたびは、おめでとうございます」

背中にかけられた声に、玉芙蓉は振り向いた。

鷹村だった。

「へえ……どうも。あんたがお祝いを言ってくれるとはね」

「おめでたいことですから。それに私も、あなたのことはいったいどうなるのかと気掛《きが》かりではありましたからね。この花降楼でお職を張りながら、将来は河岸《かし》見世まで落ちていくしかないのかと……」

「大袈裟《おおげさ》なんだよ」

とは言いながらも、自分でもそうなっていた可能性は否定できなかった。

「これからは、あなたのように年季明け間近になってもお職を張り通すような妓は、そうそう出てこないでしょうね」

「そりゃそうだろうね」

玉芙蓉は当然とばかりに答える。

鷹村は苦笑した。

「うちの妓たちは美妓揃いですが、それだけで売れっ妓になるわけではありませんからね。いろいろと必要なものはあるが、何よりも華がないと」

「――ま、とりあえず、次はあれが育つまで待つんだな」

玉芙蓉は軽く顎で廊下の隅を示した。

視線の先では、玉芙蓉の部屋付きの禿たちが仔猫のようにじゃれあって遊んでいる。微笑ましい姿だった。

「先は長いですね」

「まーね」

そう言いながら、玉芙蓉は軽い憂いのようなものを感じる。あの仲のよさは、少しまずいのではないかと思う。

(特に綺蝶は……)

猫缶を見る猫のような目で、蜻蛉を見つめている気がする。「お預け」がいつまで効いているのかどうか……。

「……あなたが見世を去ったら、あの子たちは別々の傾城につけようと思っています」

と、ふいに鷹村は言った。

彼もまた玉芙蓉と同じ虞《おそ》れを感じているのだろうか？

「そうか……」

(まあ、俺にはもう関係ないことだけど)

それでもいつかは引き離される運命にあるのかもしれない彼らの将来を思うと、特に可愛がってやることもなかった禿たちのことが少し哀れに思えた。


華やかな別れの宴が終わると、二人は玉芙蓉の本部屋へと引き上げた。

何かとても順番が違うような気がして照れながら、改めて杯事《さかずきごと》を終えると、二人きりになる。

「この部屋へ一度登楼《あが》ってみたかったんですよ」

と、上杉は言った。

「へえ……あんたでも色子を揚げてみたいなんて思ってたんだ」

「誰の部屋でもいいわけがないでしょう？」

さらりと言われ、ついまた照れてしまう。

（これくらいのことで……）

客とも間夫とも、いくらでも繰り返したような言葉なのに、今日はどうかしている、と思う。

くつろがせるために上杉の上着を脱がせる。

「こんなことをしていただくのは初めてですね」

「……いちいちうるさいんだよ」

気恥ずかしさをごまかすように答えると、上杉は笑った。

玉芙蓉が上着を衣紋掛《えもんか》けに下げるあいだに、彼は出窓風に張り出した濡《ぬ》れ縁《えん》の障子を開け、外を眺めていた。

シャツとベストだけになった彼の背中は意外に広く、その無防備さに、玉芙蓉はなんだかどきどきした。

そしてふと思いつく。

「綺麗に庭が見えますね」

と呟く彼の背後から、玉芙蓉は忍び寄った。

そして後ろからその両手を捕まえ、そのまま扱《しご》きでぐるぐる巻きに縛ってしまう。上杉はさすがに驚いた顔をして振り向いた。

「なんの真似ですか？　これは」

怪訝そうに、けれどどこか面白がるように言う上杉の頬に、玉芙蓉は手をふれた。

「今まで散々やられてきたんだもんな。そっくり返してやるよ」

サービスしてやる、とは何故だか素直に言えない。けれどそれもわかっているのか、上杉は微笑う。

「それは楽しみですね」

玉芙蓉は指先ですっと上杉のシャツの合わせ目をなぞり、ズボンへとたどり着いた。

片手で障子を閉め、唇を奪う。深く絡めながら上杉を濡れ縁に座らせ、仕掛けを脱ぎ落とした。上杉の脚のあいだに跪《ひざまず》く。前を開けると、かたちを変えはじめたものが姿を覗《のぞ》かせる。

「もう勃《た》ってんじゃねーか。縛られると感じる？」

「興奮しますね」

悪戯《いたずら》に問いかけても動じない男に、

「可愛くねぇ」

呟きながら唇をつける。

片手で支え、根本から先端へ向かって、ねっとりと舌を這わせた。余すところなく触れたくて、何度も何度も繰り返しする。次第に質量を増してくるそれが、愛《いと》おしくてたまらない。

「……っ」

咥《くわ》えると、上杉が小さく息を詰めるのが伝わってきた。その息づかいに、ぞくっと背筋が震えた。

喉の深くまで受け入れて、唾液《だえき》を絡め、出し入れする。まるで後ろに挿入されているかのように疼き、無意識に引き絞ってしまう。

いつのまにか、内腿までたどるほど蜜《みつ》があふれていた。

「……濡れていますね」

上杉が揶揄《からか》ってくる。

「私のものを舐めただけで、そんなところまで濡らすほど感じているわけですか？」

「……るさ……っ」

咥えたまま喋ると歯がふれて、上杉のものが口の中でびくりと跳ねる。彼が感じていると思うと、なおさらたまらなく煽られた。

「腰が揺れていますよ」

上杉に指摘され、はっとした。けれど抑えようとするとよけいに意識してしまう。辛いほど前が硬くなる。

「……自分でしてもいいですよ。私はしてあげられませんからね」

「ばか、……っ」

「するところを見せてくださいよ」

上杉は促してくる。つい言うことをきいてしまいたくなる衝動を、玉芙蓉は堪えた。

「本当は見て欲しいんでしょう？」

「……わけないだろ、この助平親父……っ」

「ひどいですね」

口を塞がれ、不明瞭《ふめいりよう》な声で詰ると、上杉は苦笑する。その吐息にも微かな喘ぎが混じっていた。

「そんなに濡らして、人を助平呼ばわりするなんて」

「う……ん、っ」

彼の先端が上顎《うわあご》を擦るだけで、腰の奥が震えた。

「後ろを弄《いじ》って、慣らしてごらんなさい。すぐに挿れられるように」

「あ……」

想像した途端、ぞくぞくっと背筋を這いのぼってくるものがある。

堪えきれずに、玉芙蓉は襦袢の裾を割り、中へ片手を忍ばせた。

「あっ……！」

想像していた以上の濡れ方に、かっと頬が燃え上がる。微かにふれただけでも、がくんと膝が落ちそうになる。

「あ……ふっ……」

ぬめりを掬《すく》い、脚を広げて、奥へ塗りつける。後ろの蕾《つぼみ》は既に綻《ほころ》んで、濡れた指を難なく受け入れた。

「ん、ん……っ」

この嬌態《きようたい》は、上杉にはどこまで見えているのだろう。襦袢の狭間《はざま》に突き刺さる視線を感じる。見られていると思うと、よけいに溢れてくるようだった。

からだの中を自ら掻き回しながら、上杉のものを夢中で舐めた。

「……っもう、いいですよ」

上杉が掠れた声で唇から出すように促してくる。

玉芙蓉は首を振り、逆に深く咥え、思い切って吸い上げた。

「くっ……」

頭の上で上杉が息を詰める。同時に喉の奥に勢いよく注ぎ込まれるのを感じた。

「ううんっ……！」

その刺激で、玉芙蓉もまた昇りつめていた。ぱたぱたと畳に雫《しずく》が落ちる。腰を震わせながら、上杉が出したものを飲み込んだ。

達しても少しもからだは治まらなかった。

なかば熱に浮かされたように、吐精《とせい》したばかりの雄《おす》を舐め続ける。綺麗に拭おうとしていたつもりだったのに、目的を見失いそうになる。

「……二回も飲むつもりですか」

「あ……」

囁かれ、はっと我に返る。どんな淫らな姿を見せていたのかと思うと、恥ずかしさが込み上げてきた。

上杉のそれは、吐精したばかりにもかかわらず、再び硬く勃ち上がっていた。

玉芙蓉は手の甲で唇を拭い、屹立に触れた。

「……元気じゃないか」

「まあね」

「挿れたい？」

「ええ、とても」

「じゃあ挿れさせてくださいって言えよ」

上杉は苦笑した。

「あなたはどうなんです？　からだの奥に咥えたいんでしょう？　ソレを」

そう言って視線を落とす。釣られて目を向けた瞬間、きゅっと後ろが締まり、頬が火照る。語るに落ちた感じだった。

「まあ、いいですよ」

上杉は言った。

「早く……あなたの中に挿れさせなさい」

微妙に改変された科白にも、言わされたというより譲ってやったという態度にもむかつく。けれど彼の瞳に見え隠れする熱を見れば、余裕を装っているのかもしれないとも思う。上杉のそういうところは、けっこう可愛かった。

玉芙蓉は微笑った。

彼の膝を跨《また》いで乗り上げ、自ら見せつけるように指で開く。視線がそこへ痛いほど刺さる気がする。

ゆっくりと腰を落とし、咥え込んでいく。

「……っ……あぁっ……！」

玉芙蓉は熱いものが入り込んでくる刺激に仰け反った。

上杉は縛られたままで下から揺すり上げてくる。中を広げられ、擦り上げられて、玉芙蓉は何度も喘いだ。

「あ、あぁ、あぁっ――」

自ら腰をくねらせ、背を撓らせる。

上杉はその突き出された胸の尖りに、いたずらに歯を立ててきた。

「アッ……！」

玉芙蓉は高く声を放ち、後ろを締めつける。

「悦いですよ……とても」

「だめ、そこ……！」

いや、というのに、上杉は離れてはくれなかった。襦袢の上からでもはっきりとわかる尖りを舐め啜《すす》り、甘噛みする。

「あっ、アっ、あぁっ……！」

「感じるんでしょう？　中がびくびくしていやらしいですよ」

「ばっ――」

言葉で嬲られて、いっそうからだが熱を持つ。たまらずに身をくねらせる。

「もう片方が寂しいでしょう？　差し出してごらんなさい」

玉芙蓉は首を振った。

「私は手が使えないんですからね……あなたのほうから来てくれなければ、何もできないんですよ」

「しなきゃ……いいだろ」

「それでいいんですか？」

「アッ――」

上杉は再び乳首を噛んできた。とろりと先端が溢れる。ふれられていないもう片方が、痛いくらい尖っていた。

視線が絡むだけでもぞくぞくした。

玉芙蓉はそろりと逆側の胸を差し出す。

「こっちも……噛んで」

口にした言葉には、淫らな喘ぎが混じっていた。

上杉は唇を押し当ててくる。軽く接吻して、掬い上げるように何度も舐め上げる。

「あ、あぁ、あぁ……っ」

愛撫に激しく反応を示しながらも焦《じ》れったく、とどめを刺して欲しくてたまらない気持ちにさえなる。

玉芙蓉は上杉の肩に縋り、胸を差し出したままで腰を擦りつけていた。上杉は頃合いを見計らって、ときどき揺すり上げてくる。

「あぅ……！」

奥を深く貫きながら、乳首に歯を立ててくる。

「ッ……あぁぁ……っ！」

きつく嚙まれた瞬間、玉芙蓉は二度目の絶頂を迎えていた。同時に上杉も、玉芙蓉の中で射精する。どくどくと注ぎ込まれる感触にさえ感じて、身を震わせずにはいられなかった。

「……っ……は……」

ぐったりと上杉の胸に凭れかかる。気持ちがよくて、このまま眠ってしまいたいくらいだった。

「……っ」

やがてずるりと体奥から引き抜かれる感触に、玉芙蓉は小さく息を詰めた。

「もう、解いてくれてもいいでしょう……？」

上杉が囁いてくる。

「うん……」

頷いて、玉芙蓉は彼の背中に手を伸ばし、縛《いまし》めを解いた。

上杉は自由になった腕を軽く曲げたり伸ばしたりする。そしてぐったりと身を預けたままの玉芙蓉を抱き上げた。

「まだ、終わりではありませんよ」

「え……？」

脚で襖を開け、奥の間へ運ぶ。

そしてそこに延べられた紅い絹《きぬ》の褥《しとね》へと、玉芙蓉を押し倒した。

あとがき

こんにちは！　または初めまして。鈴木《すずき》あみです。
遊廓《ゆうかく》シリーズもついに六冊目になりましたね。六冊も続けさせていただくのは初めてのことで凄く嬉《うれ》しいです。読んでくださった皆様には、本当にありがとうございます。シリーズではありますが、一冊ずつ主人公の違うお話ですので、既刊を既読の方は勿論《もちろん》、未読の方でも問題なくお楽しみいただけると思います。よろしくお願いいたします。

さて今回は、玉芙蓉《たまふよう》編。覚えている方は覚えているかもしれませんが、二冊目で蜻蛉《かげろう》に意地悪をしていた傾城《けいせい》ですね。……どうぞ嫌わないでやっていただきたい（笑）。コミック版のあまりに美しい姿を見たときから、色っぽい女王様受、ぜひ書いてみたかったのです。攻は弁護士。売れっ妓《こ》なのに妙な男にばかり引っかかっていた玉芙蓉が、まともな男としあわせになる話です。敬語眼鏡攻楽しかった！　禿《かむろ》時代の綺蝶《きちょう》や蜻蛉たちもちらほら出てきます。

この「媚《び》笑《しょう》の閨《ねや》に侍《はべ》る夜《よる》」は、花丸桜祭りフェアの対象でもあるので、小冊子にショートストーリーを書かせていただく予定です。樹《いつき》先生の遊廓ショートコミックも掲載されるとか？　詳細は帯をご覧ください。

そして全サといえば、前回花丸夏のフェア小冊子に掲載された「愛《め》で痴《し》れる夜の純情・番外編」が全サドラマＣＤになりました！　とっても素敵なものに仕上がっていると思いますので、よかったらこちらもあわせてチェックしてやってください。応募の詳細は、現在発売中の小説花丸春の号に載っています。

それからドラマＣＤ繋《つな》がりですが、遊廓三冊目の「夜《よる》の帳《とばり》、儚《はかな》き柔肌《やわはだ》」もドラマＣＤにしていただけることになりました。蘇武《そうぶ》×忍《しのぶ》編に加えて綺蝶×蜻蛉の番外編も収録される予定です。発売は五月二十五日。こちらもぜひよろしくお願いいたします。

そして大変おめでたいお知らせがもう一つ。

小説花丸で連載中の樹要《かなめ》先生による遊廓漫画版が、「愛で痴れる夜の純情・禿編」としてついにコミックスになりました……！

もう手に入れていただきましたでしょうか。まだの方やご存じなかった方は、ぜひこの機会にゲットしてください。表紙から装丁《そうてい》から中味から本当に美しい本です。漫画でなければ不可能な描き方をされている部分もあり、コミック版オリジナルエピソードや番外編も収録されているので（逆に文庫版にしかないエピソードもありますよ——と宣伝）ぜひ両方読んでいただきたいです。私は表4折り返しのうさぎ結び綺蝶と蜻蛉が密かに超お気に入り♡

最後になりましたが、イラストを描いてくださった樹要様。今回もご迷惑をおかけして本当に申し訳ありませんでした。妖艶《ようえん》美人なシャロン（笑）玉芙蓉と、私のイメージにびっくりするほどぴったりの眼鏡攻上杉《うえすぎ》をありがとうございました。凄く嬉しかったです。

前担当のY様。Y様がいなかったら今の遊廓シリーズはありえませんでした。長いあいだ本当にありがとうございました。

新担当のI様。初手《しょて》から物凄いご迷惑をおかけ致しました。切腹してお詫びしたい…と言ったら「そんな暇があったら一枚でも多く書いてください」と言われること請け合い。本当に本当にすみませんでした。印刷所の関係者様にも今度という今度は本当に申し訳ありません。

それでも遊廓シリーズはまだ続きます……。

鈴木あみ

Hanamaru Bunko

作家・イラストレーターの先生方へのファンレター・感想・ご意見などは
〒101-0063 東京都千代田区神田淡路町2-2-2
白泉社花丸編集部気付でお送り下さい。
編集部へのご意見・ご希望などもお待ちしております。
白泉社のホームページはhttp://www.hakusensha.co.jpです。

白泉社花丸文庫
媚笑の閨に侍る夜

2007年4月25日 初版発行

著　者　鈴木あみ ©Ami Suzuki 2007
発行人　藤平　光
株式会社白泉社
〒101-0063 東京都千代田区神田淡路町2-2-2
電話03(3526)8070(編集) 03(3526)8010(販売)
印刷・製本　図書印刷株式会社
Printed in Japan HAKUSENSHA　ISBN987-4-592-87509-3
定価はカバーに表示してあります。

好評発売中　花丸文庫

★それでも愛してる…学園純情ロマンス。

君だけの独占契約

バーバラ片桐　イラスト＝高座 朗　●文庫判

生徒会副会長の石垣は親友の会長・諏訪に思いを寄せていたが、彼にいいように使われ、イジられる日々。しょせん叶わぬ恋とあきらめていたが、諏訪が見合いをすると聞いて、捨て身のアタックを決意…!?

★企業買収の代償は…エグゼクティブ・ロマンス！

ひざまずいて愛を乞え

バーバラ片桐　イラスト＝高座 朗　●文庫判

名門時計メーカーの社長である父のもと、秘書として働く和博。資金難を救ってくれそうな買収先を探すうちに、ベンチャー社長・司郎と知り合う。だが超「俺様」な彼は見返りにある要求を…。

好評発売中　花丸コミックス

傾城、新造、禿…
すべて男の廓でございます。

愛《め》で痴《し》れる夜の純情・禿《かむろ》編

樹 要
原作＝鈴木あみ
●B6判

吉原の男の廓・花降楼で双璧と謳われる蜻蛉と綺蝶。蜻蛉が気位が高い「お姫さま」であるのに対し、綺蝶は気さくで面倒見がよい。今は犬猿の仲と言われる二人だが、禿・新造の頃は、仔猫同士がじゃれあうように仲よしで…!?